Português à brasileira

MARCO BIANCHI

Português à brasileira

Um passeio pelos erros mais curiosos
que acontecem na nossa língua

MATRIX

© 2015 - Marco Bianchi
Direitos em língua portuguesa para o Brasil:
Matrix Editora
www.matrixeditora.com.br

DIRETOR EDITORIAL
Paulo Tadeu

PROJETO GRÁFICO E CAPA
Monique Schenkels

ILUSTRAÇÃO
Monique Schenkels

REVISÃO
Adriana Wrege
Silvia Parollo

CIP-BRASIL - CATALOGAÇÃO NA PUBLICAÇÃO
SINDICATO NACIONAL DOS EDITORES DE LIVROS, RJ

Bianchi, Marco
Português à brasileira / Marco Bianchi – 1. ed. – São Paulo: Matrix, 2015.
128 p.; 21 cm.

ISBN 978-85-8230-231-6
1. Língua portuguesa – Erros. 2. Língua portuguesa – Vícios de linguagem. I. Título.

15-28200   CDD: 469.83
                                      CDU: 811.134.3'271.1

Dedico este livro à família, aos amigos e amigas, aos editores entusiastas desta iniciativa e, para não ser ingrato, a todos que – no ímpeto de transformar em palavras pensamentos às vezes obscuros – forneceram (involuntariamente) as inúmeras pérolas da prosa nacional aqui expostas e celebradas.

À parte, registro dedicatória exclusiva à minha amada avó Sílvia, cuja vivacidade marca fundo a alma desta proposta. E deixo um efusivo abraço ao meu pai, Egydio, cuja sacada oportuna me rendeu a ideia desta obra.

Foi um privilégio relacionar e comentar uma ínfima parcela das infindáveis preciosidades de nossa linguagem verbal, neste caso colhidas entre celebridades e profissionais de comunicação, na infinita fonte de "matéria-
-prima" denominada televisão.

Introdução

Ao se deparar com esta singela obra, o prezado leitor talvez se pergunte se, de humorista, passei a professor de Português ou candidato a sucessor do professor Pasquale Cipro Neto, célebre educador historicamente dedicado ao ensino do idioma.

Ocorre que a escolha criteriosa das palavras sempre foi o marco zero do meu trabalho criativo. O estilo das falas foi e é determinante em meu método de criar e construir conteúdos. Naturalmente, por conta de herança familiar espontânea, do culto à linguagem correta e ao senso crítico apurado.

O idioma é patrimônio do povo, símbolo do país. Não me atrevo a posar de defensor dos frascos e comprimidos, mas (ao mesmo tempo) prezo nossa calejada Língua Portuguesa tanto quanto nossa bandeira. Ambas são representações de nossa identidade nacional.

Guardadas as devidas proporções, conforme esse raciocínio, atropelar o idioma equivale a queimar a bandeira ou xingar a execução do hino.

Esse trabalho não protocolar tem a pretensão de aliar descontração e conhecimento.

O vocabulário é um meio de interação social. Precisa estar de acordo com a situação, pois é característica pessoal, tanto quanto a roupa ou a expressão corporal.

Partimos do pressuposto de que adequar o vocabulário ao

ambiente e ao próximo, antes de simbolizar cerimônia, educação e etiqueta, é uma questão de camaradagem e respeito, que são conceitos universais e extrapolam as barreiras dos dizeres.

Não se conclua daí que vamos incentivar um jeito afetado de falar a fim de soarmos bacanas. Nem que teremos neste levantamento (de frases verídicas) uma ferramenta a fim de humilhar ou ofender quem quer que seja por este ou aquele lapso.

A proposta desta publicação não é dar sermão, nem fazer *bullying*, nem proporcionar aprendizado formal, mas sim constatar com descontração o descaso com a boa oratória entre figuras influentes da sociedade.

Vamos reparar nos detalhes e avaliar com sagacidade e sarcasmo gafes dos mais diversos tipos e origens, sem preconceito de cor, classe ou tom de voz.

A propósito, a maioria dos equívocos relacionados nesta humilde pesquisa foi extraída da tevê, majoritariamente de atrações jornalísticas, ou seja, meios que (em nome da boa informação) requerem um discurso mais acurado e menos coloquial.

Ao material verídico minuciosamente coletado, somei algumas falas emblemáticas de personagens criados pela minha humilde pessoa em 25 anos de carreira como redator e humorista.

Prepare-se para rir à custa do desatino alheio!

De quebra, esperamos que esta publicação ajude a leitora e o leitor a evitar falhas gritantes na escolha do linguajar, especialmente no âmbito profissional e acadêmico.

Obs.: Para proporcionar comodidade aos leitores, nossas queridas pérolas foram divididas em sete categorias.

Vamos começar?

I. Discordâncias verbais e (des)agregados

Tenho *uma imensa orgulho deste feito.*

Presidente que ficou famosa por celebrar a mandioca brasileira, em um fértil encontro político televisado.

Contextualizada devidamente, a aparente falha talvez possa ser interpretada não como mero lapso, mas sim como resposta do subconsciente da *mulher sapiens* contemporânea ao machismo pré-histórico que impõe e verbaliza uma concordância masculinizada do orgulho humano, como se este fosse exclusivamente masculino...

Nas entrelinhas, nota-se quiçá um gesto prático do poder público, personalizado pela valente oradora em defesa dos movimentos LGBT. Mas, por maior e mais justificável que seja, O ORGULHO não pode ser *IMENSA*. Nem com cirurgia de mudança de sexo!

O certo, portanto, seria dizer:

- Tenho um ORGULHO IMENSO.
- Tenho uma BOCA IMENSA.
- Tenho um CÉREBRO MINÚSCULO.

Para desespero das minorias, a língua é ostensivamente discriminatória: se a palavra é masculina, o adjetivo também deve ser masculino. E vice-versa.

Sim! Homossexualismo obrigatório nos cruzamentos de substantivos e adjetivos, seja qual for a filiação partidária ou inclinação sexual da fonte vocalizadora.

O grupo de líderes partidários *somam* 300 parlamentares.

Senador alagoano conhecido pela vasta cabeleira implantada, na excitante cobertura oficial do rito para-lamentar.

Somar é tarefa que os políticos geralmente executam com desenvoltura, em especial quando se trata de somar aumentos aos próprios salários. No entanto, teçamos aqui uma avaliação pormenorizada do falado...

Por mais pluralista que alguém seja, não convém conjugar no plural verbos ligados a termos singulares que signifiquem coletivos: O GRUPO, O TIME, A TURMA, O PESSOAL...

Assim sendo, O TAL GRUPO de líderes SOMA 300 parlamentares (sem maiores controvérsias) e permanece na legalidade, ao menos no que se refere à norma culta.

Com esse entendimento, fechamos nossas contas sem subtrair nada de ninguém, sem necessidade de calculadora e sem a maldita mania de concordar o adjetivo com a palavra mais próxima, para puxar o saco da vizinha!

Foi dado todas as condições.

Deputado federal durante debate pautado pela divergência ampla e irrestrita.

Se todas AS CONDIÇÕES FORAM DADAS ao ilustríssimo, inclusive em termos de formação, não haveria por que promover uma dupla afronta àquilo que é comumente chamado de Língua Portuguesa entre os usuários de dicionário.

Sem economizar plurais e sem violar as peculiaridades de gênero, como que num transformismo abrupto acidental, prevalece a busca por um denominador comum.

Respire fundo e repita comigo:

• UMA CONDIÇÃO foi DADA.

• MUITAS CONDIÇÕES não FORAM DADAS.

• OS CONSELHOS deste que vos escreve SÃO DADOS.

O problema é que nem sempre FORAM DADAS condições adequadas ao aprimoramento da oratória do *POLVO* brasileiro – que se afunda no imenso mar de lama sem o sustentáculo da educação!

A presidenta Dilma...

Senador penteadinho em entrevista cabeluda.

Diferentemente do que difundem os neoliberais da gramática, admito desde já que abomino discriminar ENTES queridos, sejam eles homens, mulheres, total flex ou hermafroditas!

Meu motivo é claro: o sufixo ENTE é unissex e independe de gênero. Significa "o que ou quem existe".

ENTE não discrimina homens e mulheres! É universal e promove a sonhada igualdade de gêneros, tão legitimamente reivindicada pela sociedade há milênios.

- O ENTE que preside é o/a PRESIDENTE.
- O ENTE que dirige é o/a DIRIGENTE.
- O ENTE que espera na fila é o/a PACIENTE e aquela ou aquele que ATENDE é ATENDENTE.

Enfim, direitos iguais!

Assim sendo, declaro por meio desta, em caráter irrevogável, que DEMITI (pretérito perfeito) de meus textos não apenas a *PRESIDENTA*, mas também a *GERENTA* e a *PACIENTA* que desejem porventura residir nesta nação.

Sem mais, firmo cascos e empaco, independentemente de quaisquer disposições contrárias que recebam a chancela de dicionários mais generosos.

A favor do mulherio! Contra o feminismo virtual de quem sempre queimou o filme da "categoria"!

O comércio é uma das atividades que sustenta o mundo.

Filósofo renomado durante explanação em tevê educativa.

Curiosamente, o emissor da preciosidade é apenas UM DOS muitos intelectuais ligados à pedagogia QUE COMETEM o deslize.

Detectemos, contudo, a essência da discórdia em questão, simplesmente alterando a ordem da oração analisada.

Entre AS ATIVIDADES que SUSTENTAM o mundo, o comércio É UMA.

Atividades SUSTENTAM, pois são muitas.

Também se pode dizer que O COMÉRCIO É UMA DAS ATIVIDADES QUE SUSTENTAM O MUNDO.

Tudo desconsiderando, notadamente, que, exceto pelos trâmites linguísticos, comércio e sustentabilidade são propostas teoricamente antagônicas.

Enfim, parabéns a CADA UM DOS REDATORES que, nos momentos oportunos, NÃO ABDICAM do plural em prol do individualismo inconveniente.

Seria os Estados Unidos.

Colunista medalhão em telejornal de emissora medalhona.

Ao ouvir o notório intelectual repetir três vezes a fala acima, eu me perguntei: SERIAM OS ESTADOS UNIDOS merecedores desse verbo subversivo no singular?

Não poderia tal gesto desencadear um atrito diplomático entre o Tio Sam e as nações lusófonas, praticantes de Língua Portuguesa?

Deixando de lado o panorama geopolítico, entretanto, esclareçamos.

OS ESTADOS UNIDOS FAZEM jus à conjugação verbal no PLURAL, até pela grandiosidade de seus muitos entes federativos. A menos que eu afirme que os ESTADOS UNIDOS SÃO UM PAÍS (UMA NAÇÃO) QUE SE DESENVOLVE de modo peculiar.

Concluindo, OS ESTADOS UNIDOS SÃO um destino único! Os estadunidenses SÃO o que SÃO. Os Emirados Árabes SÃO UNIDOS. As Ilhas Virgens SÃO totalmente VIRGENS.

Já foi ventilado muita coisa.

Treinador durante debate esportivo pouco oxigenado.

Estrela-mor deste livro, a chamada concordância não costuma ser o forte dos treinadores de futebol, principalmente eles, que nunca são unanimidade em campo nenhum.

Ao mesmo tempo, é natural que eles adorem VENTILAR, pois vivem em vestiários abafados, lotados de homens suados...

Substituamos, portanto, o ventilador pifado a fim de refrescar as memórias esbaforidas.

Neste caso, a palavra VENTILAR tem o sentido de COMENTAR.

O assunto foi VENTILADO. A notícia foi VENTILADA.

Conclusão: JÁ FOI VENTILADA MUITA COISA ou MUITA COISA JÁ FOI VENTILADA. A inversão dos fatores não altera o resultado.

E o melhor de tudo é que, com a ventilação adequada, o time rende mais e economiza no ar-condicionado.

Alguns atletas estão muito *pertos* de acertar.

Assessor de imprensa da Série A-3 do
Campeonato Paulista de Futebol.

Frequentemente a ansiedade é a inimiga número 1 da clareza, pois impede a criatura de pensar suficientemente antes de se pronunciar.

Quando o assunto é contratar craques para a briosa equipe da cidadezica, então, alguns dirigentes mais afobados chegam a sofrer infarto do miocárdio!

Registre-se, no entanto, uma ponderação pertinente.

Por mais adiantada que possa estar a negociação dos contratados supramencionados, ADVÉRBIOS como PERTO não comportam plural.

ALGUNS ATLETAS, consequentemente, ESTÃO MUITO PERTO DE ACERTAR (pelo menos na hora da entrevista, se ficarem ligados).

O pessoal *rolaram* de rir...

Apresentador de fino trato em debate vespertino.
Sem levar para o lado pessoal...

Como já foi apontado, por mais numeroso que seja, O PESSOAL conjuga verbos no SINGULAR. Aí O PESSOAL DEITA E ROLA.

Conclusão: o danado do verbo deve obrigatoriamente estar em sintonia com o sujeito da oração.

A turma, equipe, pessoal, cambada... ROLOU DE RIR.

Quando O PESSOAL *FAZEM* alguma coisa, acredite, é indício gritante de que A TURMA *ESTÃO* viajando de bonde!

Confiramos outras pérolas da discordância verbal:

• O AMIGO DELAS *CHEGARAM*.

• O JEITO DAS PESSOAS *MUDAM*.

• O TIME DAS MENINAS SE *PERDERAM* EM CAMPO.

Outra vez a velha história do verbinho sem personalidade concordando com a palavra mais próxima para ser benquisto no diálogo!

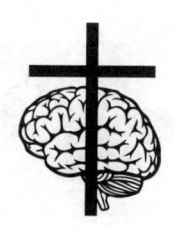

Pobremas houveram...

Personagem de rádio Gilfredo, em relato dramático.

HOUVERAM é caso grave, a credibilidade do autor pode não resistir. Quase um quadro de morte cerebral!

Em respeito à vida, todavia, vejamos.

Quando usado no sentido de EXISTIR, HAVER não tem plural. Nem que a vaca tussa! Nem que milhares de cabeças de gado tussam unidas e sapateiem!

Se alguém um dia avisar que HOUVE PROBLEMAS, portanto, respire aliviado.

Porque (no comunicado corrigido) ao menos nossa língua querida saiu ilesa!

O pobrema é dois...

Personagem Xurumela, técnico de bola ao cesto e poeta.

Ninguém gosta de PROBLEMAS, mas não adianta querer ocultar os desgramados... Tampouco disfarçá-los com garranchos sonoros que, ainda que em conexão remota, remetam à popular palavra PROBLEMA.

Sejamos objetivos.

Maiúsculos ou minúsculos, PROBLEMAS DEVEM ser assumidos, analisados e, se possível, solucionados com todas as letras, em clima de consonância, verbal e ortográfica.

POBREMAS, POBLEMAS E PROBREMAS, pelo contrário, resultam de dificuldades auditivo-fonéticas, constituem lixo orgânico e requerem encaminhamento imediato ao aterro sanitário mais próximo.

São enes motivos que levam ao aborto.

Repórter em atração jornalística de uma famosa emissora de um famoso bispo.

SÃO ENE (N) MOTIVOS QUE ME OBRIGAM a prestar esclarecimentos.

Entre tantos descalabros da verborragia contemporânea, estão sujeitos que, como o gênio supracitado, valem-se de esse (s) excedente para turbinar a mania de grandeza.

Ene (n), bem como xis (x) ou ípsilon (y), é uma letra do *analfabeto*, digo, alfabeto. Sendo utilizada como variável, automaticamente pode estar associada a qualquer valor ou numeral.

Enfiar um esse (s) goela abaixo da variável ene (n), portanto, além de indelicado e inadequado, evidencia possível MEGALOMANIA do orador anônimo aqui celebrado.

No plural, ENES existem unicamente se estivermos tratando de DOIS OU MAIS EXEMPLARES DA LETRA ENE (N).

Evitamos, assim, em nome da sustentabilidade, o desperdício de esses. Justo eles, que podem se transformar em ben$ valio$o$!

Os dois Vítors atacam demais.

Comentarista esportivo intolerante com os erros alheios, em transmissão pretensamente infalível.

Antes de outras considerações, devemos ressalvar que não é frequente a necessidade de determinar o plural de nomes próprios.

Se o plural for inevitável, porém, fica o conselho registrado nos anais: o plural deve seguir os MESMOS PADRÕES de outras palavras com as mesmas características.

VÍTOR é paroxítona (a sílaba tônica é a penúltima, ou "Ví") terminada em R, como "câncer".

Se o plural de "CÂNCER" é "CÂNCERES", o plural de César é CÉSARES e o plural de Vítor é VÍTORES.

Obs.: Por ser nome próprio, Vitor pode ser escrito sem acento no i.

No plural, porém, VÍTORES tem acento obrigatório, como toda proparoxítona (a sílaba tônica é a antepenúltima).

Tudo muito estranho, porém correto.

Seguindo a mesma lógica, deduzimos que uma reunião de pessoas chamadas de Aderbal resultaria em um grupo de Aderbais. E o plural de Daniel seria Daniéis. E a turma da Abigail seriam as Abigaís.

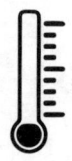

A temperatura era de zero graus.

Principal atração jornalística de uma emissora de tevê sediada em São Paulo.

É bem verdade que as oscilações na temperatura podem, em alguma medida, afetar o funcionamento de nosso cérebro, levando-nos a erros banais no exercício de nossa profissão.

Considerando, porém, que as grandes emissoras dispõem de estúdios com ar refrigerado, concluímos que a falha foi obra de despreparo do redator e/ou do apresentador.

ZERO É SINGULAR. Seja ele ZERO GRAU, ZERO À ESQUERDA ou NOTA ZERO. Exceto, por exemplo, se dissermos que o número mil (1.000) tem 3 (TRÊS) ZEROS.

Vale acrescentar que, nesse exemplo, pela minúscula diferença entre certo e errado (uma única letra), não se trata de falha escabrosa...

No entanto, o ruim é que quem sabe o jeito certo de falar vai perceber a falha, mesmo que não a denuncie.

Erros básicos comumente ofuscam a panca de quem se apresenta como a nata do jornalismo na respeitabilíssima televisão brasileira.

A lógica vale para todos, do José à Maria e do Paulo ao Henrique, passando pelo Amorim, meu vizinho.

Foi uma pergunta meia difícil...

Famoso ex-camelô especializado em aplicar o golpe do baú.

MEIO DIFÍCIL é permitir que uma personalidade nacional supostamente letrada (que frequentemente questiona "na caruda" a alfabetização das colegas de trabalho) protagonize tão poderosas afrontas ao nosso respeitável Português.

A cena fez recordar as humildes donas de casa do popular jogo de palavras do parlapatão, quando o enigma era o nome de uma fruta e o painel exibia as letras JABOTI_ABA.

A dona Firmina olhou, parou, pensou, repensou e emendou: "GOI-ABA?!..."

Para quem não sabe, utilizado como indicativo de intensidade, MEIO é sinônimo de PARCIALMENTE, RAZOAVELMENTE.

- A meia está MEIO apertada no meu pé 44.
- A mulher está MEIO longe de casa.
- A vida está MEIO difícil.

Já quando MEIO quer dizer metade, não fique no meio do caminho e varie a palavra normalmente, segundo o gênero.

Para exercitar o aprendizado, comemore com MEIO MUNDO e saboreie uma pizza MEIA MARGUERITA, MEIA PORTUGUESA.

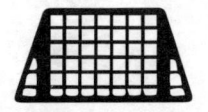

O time não levou nenhum gols.

Jogador de defesa em declaração indefensável.

O cérebro (ou a ausência dele) às vezes conduz a falas que de algum jeito denunciam a intenção do falante.

O plural (ou a ausência dele) às vezes permite ler as entrelinhas do que é dito.

O típico beque safo procura engrandecer os próprios feitos.

E não levar *NENHUM GOL* não soa tão vantajoso quanto não levar *NENHUM GOLS*, certo? Contudo, todavia, entretanto... Segundo os dicionários vigentes, o ideal é nunca levar NENHUM GOL.

NENHUM nada mais é do que a união de NEM e HUM. ZERO, como já vimos, é singular.

Plural de NENHUM é *embaçado*, afinal, se não há NEM UM (NENHUM), como pode haver mais de um?!...

Associar NENHUM ao substantivo no plural não faz nenhum sentido em nenhum lugar, em nenhuma situação.

Tem *muito* torcedores presentes...

Conhecido narrador da tevê paga cujo sobrenome remete a laticínio líquido.

Se a fala fosse precisa, não teríamos a dúvida: o locutor quis dizer que havia MUITAS PESSOAS PRESENTES? Ou disse que os PRESENTES FICAM MUITO no local? São frases que induzem suposições, às vezes até *supunhetagens* ou *supositórios*.

Aparentemente, ele se referia ao grande público presente ao evento narrado. Daí a análise de que o depoente deveria ter saudado os MUITOS TORCEDORES PRESENTES, usando o termo MUITO (enquanto adjetivo) NO PLURAL, como ensinam MUITOS REDATORES.

Já quando funciona como ADVÉRBIO DE INTENSIDADE, o termo nunca se altera e as orações ficam MUITO mais simples.

Armadilhas para aprendizes desprevenidos são MUITO frequentes, há MUITAS rondando os cerebelos esquálidos... E MUITOS caem nelas feito patinhos!

Os democratas *vota sim!*

Nobre congressista na não menos eminente tribuna da Câmara dos Deputados.

São frases como essa que retratam as entranhas do entendimento político, traduzido no infinito desacordo entre os múltiplos componentes do discurso nacional.

O (partido) DEMOCRATAS PRECISA rever esse item do estatuto partidário. Pelo bem de todos OS DEMOCRATAS QUE VOTAM sim, não ou talvez.

Tradução: mesmo sendo plural, O DEMOCRATAS (também um nome próprio) PODE ser citado no singular se embutir a noção de PARTIDO. Se a referência for aos filiados, OS DEMOCRATAS SE ALIAM ao plural.

Os membros do partido devem se render à pluralidade intelectual, mas a frente (o bloco coeso) requer unicidade de propostas e posições homogêneas.

Deixa a aparência das suas pernas ainda mais bonitas...

Propaganda de pomada provoca alergia auditiva em professores de Português.

Mais um reles erro de concordância? Esse é especial, porque erro em entrevista ou em linguagem falada é desprovido de brilho excepcional.

Erros de digitação também acontecem, bem como servem de desculpa esfarrapada.

Erro médico é comum. Errar é humano. Ninguém é perfeito.

Trata-se aqui, entretanto, de falha histórica digna de reparo exclusivo.

Um deslize, que brotou na mente cinzenta de um "redator", chegou intacto à mesa do "diretor de criação" de uma agência de propaganda, foi debatido ao longo de morosas reuniões e, mesmo após tais instâncias consultivas, foi aprovado e veiculado em rede nacional de tevê, em alto e bom som, para meio mundo saber da tal pomada que queima a língua!

Parabéns aos envolvidos na fanfarronice! Desejo a todos que, na próxima encarnação, voltem a atuar com publicidade, se possível de produtos que deixem A APARÊNCIA das suas pernas MAIS BONITA, como dita a concordância elementar das nações, unidas ou não.

Outra saída constitucional seria falar somente que SUAS PERNAS FICAM MAIS BONITAS, ponto.

Ou resta a sensação de um trabalho feito nas coxas, que definitivamente não resiste em pé.

Não queremos nossos laterais de costa para o ataque.

Famoso técnico de futebol com nome de anão em entrevista assaz esclarecedora.

Em um país com 8 mil quilômetros de costa, é natural que nosso litoral seja utilizado de modo inapropriado, mas o fato é que não se pode dar AS COSTAS ao maldito hábito de confundir joio com trigo.

Sendo assim, registre-se que COSTA é o litoral, vulgarmente chamado de praia.

AS COSTAS da Mariete geralmente ficam BRONZEADAS nas praias de nossa EXTENSA COSTA.

Concluindo, independentemente de origem, latitude e longitude, ninguém pode dar as COSTAS à razão.

Trio *chegam* ao *Verdão* e *fazem* exames.

Um dos milhões de sites esportivos surgidos recentemente na internet.

Em primeiro lugar, registre-se meu cumprimento ao excelentíssimo editor do conteúdo publicado por não discriminar redatores incompetentes. Ou por ser ele próprio um voluntarioso esforçado.

É aquela história: UM estagiário PODE ser pouco, mas DOIS BASTAM e TRÊS já SÃO demais.

Se uma pessoa é singular, UMA DUPLA também pode ser, bem como UM TRIO, UM QUARTETO ou UMA MULTIDÃO!

A TURMA GOSTARAM, O PESSOAL VIERAM ou *O TIME PERDERAM* só se for no churrasco da firma, com licença poética em três vias. Ou se o autor for humorista.

Retomando a sobriedade, o TRIO CHEGA ao Verdão ou a outra equipe qualquer. Em seguida, o TRIO DÁ ENTREVISTA, TREINA E SE ADAPTA (ou não) ao novo clube. NO SINGULAR.

Por mais craques que sejam os componentes do trio, a regra nunca se altera.

Vale até para aquele memorável trio BAFAFÁ, do saudoso Ananindeua de 57: Batista, Fábio e Faustino. Queeem não se lembra?!

2. Conjugações improváveis, pronomes ninjas e regência verbal

Precisamos buscarmos começarmos a tentarmos procurarmos conseguirmos viabilizarmos.

Personagem Onofredo Rosemiro, do Partido de Centro-Sul, na histórica frase inserida nos anais da série *Câmera dos Deturpados*.

Incrível o efeito sonoro do isolamento sobre o discurso de determinados personagens da fauna política nacional...

Na tribuna, ele pode até estar só, mas na estripulia verborrágica e fonética ele certamente tromba com semelhantes aos milhões!

Ponhamos, pois, um pinto final, digo, um ponto final na esbórnia ora evidenciada.

Ao DECIDIRMOS CONECTAR dois verbos para PODERMOS FALAR melhor, NÓS DEVEMOS FLEXIONAR somente o primeiro verbo da oração.

Sim, nós QUEREMOS FALAR. PODEMOS ACERTAR. Mas PRECISAMOS COMEÇAR a praticar.

Ao mesmo tempo, é óbvio que, se o texto tiver caráter cômico, *NÓS PODEMOS QUERERMOS COMEÇARMOS A DERRAPARMOS NAS BAGAÇA PROPOSITALMENTE DE PROPÓSITO, MORÔ?!*

O juiz *interviu* no processo.

Sujeito eleito por votação popular e pago pelo prezado contribuinte.

Não me resta aqui alternativa que não INTERVIR de imediato, antes que outro tropeço retórico simples e frequente afete os destinos da nação.

Com uma dose generosa de imaginação e tolerância, consigo até ser solidário ao errante e pensar (quiçá) que quem *INTERVIU* simplesmente VIU ENTRE DOIS OBJETOS, por exemplo.

EU *INTER-VI* MINHA AMIGA, ELA ESTAVA ENTRE A PORTA E A POLTRONA.

Dizem as más línguas, contudo, que as boas línguas (mesmo as vesgas) conjugam o verbo INTERVIR com base no verbo VIR, do qual o primeiro é derivado.

Se o juiz VEIO, INTERVEIO. Se VIESSE, INTERVIRIA. Se INTERVIESSE, VIRIA.

Quando INTERVIR vier ao caso, INTERVENHA corretamente.

Enfim, viemos, vimos e interviemos. Como aquele velho romano com mania de grandeza que vagava despirocado pelo Ocidente.

Porém, sem circo. Sem louros. Não demos pão, mas semeamos a informação.

É difícil *acostumar com a escuridão...*

Reportagem luminosa em grande emissora sediada no Rio de Janeiro.

Na verdade, o mais difícil é acostumar a ouvir determinados verbos sem os devidos pronomes... *quem acostuma* com isso, como dizem os mineiros, *não desespera*.

Para falar de modo formal, porém, é preciso se esforçar um bocadinho. Observemos com lucidez e sensatez: quem SE ACOSTUMA, ACOSTUMA-SE A algo ou A alguém.

Determinados verbos requerem pronomes para não se sentirem nus nas frases!

Pessoas normais SE ACOSTUMAM A esta regrinha, *NÃO SE AFO-BAM* nem precisam SE ESFORÇAR muito para SE APERFEIÇOAR na escrita.

Rapidamente, todos nós NOS acostumamos.

O número de casos reduziu de 150 para 100.

Enviada preguiçosa de telejornal preguiçoso sobre redução de crimes em determinada região.

Acabamos de comentar caso semelhante nesta publicação, por conta da infindável preguiça do povo na hora de recorrer aos chamados pronomes.

Preguiça que NUNCA SE REDUZ na prática da conversa falada, DIGA-SE de passagem, porque a linguagem é costumeiramente coloquial.

Sem dar sopa aos críticos, porém, o profissional de comunicação escreve ou diz: REDUZIU-SE o número de 150 para 100.

Igualmente perfeito seria: o número FOI REDUZIDO. O número DIMINUIU. O número CAIU.

Em suma, se a disposição de pensar também não for reduzida, NÚMEROS SE REDUZEM ou SE ELEVAM. Do mesmo modo que surtos SE INICIAM ou SE ENCERRAM.

A empresa não pode permitir com que os fornecedores utilizem trabalho escravo.

Auditor fiscal da União em débito com a boa oratória.

Quando a preguiça de recorrer aos pronomes não é problema, resta escolher complementos que encontrem alguma afinidade com o verbo amigo.

Fico sem entender COM QUE objetivo o ilustríssimo enfiou nessa fala as palavras COM e QUE. É uma dúvida COM QUE (COM A QUAL) conviverei eternamente.

Esmiucemos, não obstante, a gafe.

O verbo PERMITIR tem dois possíveis complementos. Quem permite pode PERMITIR algo... ou PERMITIR QUE algo aconteça.

Exemplos:

- A pousada PERMITE CACHORROS.
- O professor vai PERMITIR QUE as pessoas aprendam.

Portanto, a empresa NÃO MAIS HAVERÁ DE PERMITIR QUE haja trabalho escravo em hipótese alguma. Nem permitirá que, além de tudo, atropelem nossa avariada "Língua Brasileira".

A situação de crise econômica não pode se perdurar.

Entrevistado empolgado em noticiário de repercussão nacional.

No mérito da questão, concordamos todos com o autor da fala. Na forma de comunicar, entretanto, vale o reparo...

Eis que, de tanto pouparmos pronomes quando eles são convenientes e até obrigatórios, em contrapartida os adotamos onde e quando eles não cabem.

É a vida, rapaz... Uns poucos com tanto e tantos com tão pouco!

PER-DURAR significa durar ao longo do tempo, do mesmo modo que PER-CORRER é correr ao longo do caminho e PER-CURSO é o trajeto ao longo do curso.

Seja qual for a localização no Google Maps, ALGO OU ALGUÉM DURA OU PERDURA. CORRE OU PERCORRE. Sem SE, nem meio SE!

Pelo bem da mensagem clara, essa mania de enfeitar o discurso não SE pode PERDURAR... A inteligência, sim, deve PERDURAR e prevalecer!

Que a economia nacional também seja capaz de SE RESOLVER em meio ao drama do desperdício de palavras e sons.

Na próxima semana, se inaugurarão novos projetos.

Político produtivo e qualificado, pelo menos no quesito plantação de abobrinha.

Vale reconhecer o valor desse homem público que sobe à tribuna do Congresso sem medo de emitir um discurso tecnicamente caduco.

O ruído estranho aos ouvidos remete à questão cabeluda denominada MESÓCLISE, caracterizada pela inserção de um pronome em meio ao verbo. É uma espécie de fusão parcial entre duas palavras, tipo um casório com divisão de bens.

O recurso caiu em desuso no Brasil, exceto nos ambientes jurídicos mais engomados. Formalmente, no entanto, continua sendo a regra em alguns tempos verbais e nos inícios de orações, que pela teoria nunca começam com pronome.

Conclusão: BENEFICIÁ-LO-IA estar, no mínimo, a par da existência dessas pequenas criaturas fantasmagóricas do idioma.

Com otimismo, INAUGURAR-SE-ÃO neste momento reflexões mais aprofundadas sobre a viabilidade das MESÓCLISES em solo brasileiro.

Enfim, o maior problema da afirmação esmiuçada talvez seja social: a desconfiança generalizada de que os tais projetos, bons ou ruins, concretamente nunca SERÃO INAUGURADOS.

Decidimos de que aguardaríamos.

Senador da República, durante atentado à gramática exibido ao vivo pela dinâmica emissora do Senado Federal.

Estou CERTO DE QUE frases como essa atentam contra a cultura nacional. CONVENCIDO DE QUE representam um manifesto ideológico no sentido de editar todas as leis da pátria, inclusas as discursivas.

São diversos, enfim, os MOMENTOS DE QUE DISPOMOS para utilizar corretamente a composição DE QUE.

Talvez considerem revolucionário romper com os padrões válidos para o restante dos pobres mortais. E assim *AFIRMAM DE QUE, REAFIRMAM DE QUE, DECIDEM DE QUE...* ao mesmo tempo que *SE CONVENCEM QUE* falam corretamente.

Resumo da ópera: as pessoas DE QUE GOSTAMOS merecem especial atenção, assim como cada verbo tem o auxiliar que merece.

OBSERVE QUE nem todos DE QUE TRATAMOS se enquadram na mesmíssima maneira de compor as orações.

Vamos se acalmar!

Ator em cena de novela veiculada em escala global.

Não é fácil manter a calma em momentos de afronta à lei...

Como enfatizamos sistematicamente, o contato falado acata certas afirmativas que a escrita não comporta, mas neste caso a dor nos ouvidos abrange também a modalidade oral.

Mas EU VOU ME ACALMAR. TU VAIS TE ACALMAR. ELES VÃO SE ACALMAR. TODOS NÓS VAMOS NOS ACALMAR e apontar o rumo do acerto!

O pronome SE é usado na TERCEIRA PESSOA do singular e do plural. E a terceira pessoa, nesse caso, não é nenhum amante nem admirador...

O leitor VAI SE VALER do danadinho o tempo todo. As pessoas VÃO SE ESBALDAR com ele.

Quando a primeira pessoa do plural entrar em cena, porém, NÓS VAMOS NOS condicionar a associá-la ao pronome NOS, sem acento, mas com utilidade acentuada.

VAMOS SE LIGAR, seus *INGUINORANTE*!

Isso contradiz aos interesses do Brasil!

Deputado federal inventivo criando novas modalidades de contradição.

Não se sabe exatamente a que se referia o nobre parlamentar para lamentar algo em nome do país.

Sabe-se, entretanto, que a fala que pronunciou CONTRADIZ REGRAS ordinárias do lusitano tradicional.

Talvez pela ânsia de embelezar o discurso, a jararaca mordeu a língua e quase se intoxicou com o próprio veneno!

Quem quer CONTRADIZER sem maiores percalços deve CONTRADIZER INTERESSES, não regras de Português.

Sem banalizar, portanto, o elegante termo AO, bendito fruto do amor entre a preposição A e o artigo masculino O.

Em respeito à Língua Mãe, NUNCA SE CONTRADIZEM verbos inocentes que não comportem complementos estranhos em área de acesso restrito.

Taí o treinador observando ao jogo...

Narrador de tevê paga com décadas de carreira em demonstração inequívoca de que experiência não é garantia de qualidade.

O narrador narra, o observador observa, o treinador treina, o inventor inventa.

O desrespeito aos princípios elementares da vida é o sintoma mais evidente de uma sociedade em que toda pessoa tem a obrigação de turbinar a própria imagem, como modelo, atriz, pedestre, contribuinte, ser humano, leitor, usuário de escada rolante...

Taí mais uma desastrosa tentativa de empetecar frases simples. O resultado costumeiro é algo doloroso aos ouvidos e fígados desprecavidos.

Vejamos, amoreco: quem observa, OBSERVA ALGO ou OBSERVA ALGUÉM. Verbo transitivo direto, sem intermediários.

Diferente de ENTREGAR um jogo AO adversário e de CHEGAR AO título do campeonato. Percebe?

Conclusão: quem fala demais cumprimenta equinos no período matinal, ou, como se diz popularmente, QUEM FALA MUITO DÁ BOM-DIA A CAVALO.

Neste jogo, o time amarelo enfrenta ao time de camisas verdes e calções pretos.

Narrador canastrão em momento de canastrice explícita.

Essa eu tive o privilégio de colher pessoalmente de um colega errante que pediu anonimato, no exato instante em que a joia ficou registrada para a posteridade.

Se ficasse EM FRENTE AO espelho, contudo, o panaca enfrentaria a realidade. O problema, novamente, é a milenar necessidade de enfeitar o pavão!

Quem enfrenta, ENFRENTA ALGO ou ENFRENTA ALGUÉM.

O complemento do verbo ENFRENTAR é direto, sem preposição.

Diferente, por exemplo, de ficar EM FRENTE AO colégio ou EM FRENTE AO GOL, expressões que indicam lugares e são comunicadas na junção de três palavras diferentes.

ENFRENTAR é o mesmo que ENCARAR, e talvez por isso dispense intermediários para dizer o que deseja.

O outro rumo factível é fugir da conversa ou ficar mudo.

Eu quero se tornar o melhor do mundo!

Lutador de MMA em momento de vale-tudo contra o idioma vigente.

Autocrítica e humildade são atributos determinantes na carreira de qualquer praticante de esporte de alto rendimento.

Sem autocrítica, não se veem os próprios defeitos. Sem humildade, não há o empenho necessário ao progresso.

Enfim, o fanfarrão aqui laureado aparentemente não possui nenhuma dessas duas qualidades.

Por outro lado, é bastante agressivo e aplicou um golpe brutal no correto uso dos pronomes pessoais!

- EU me cobro e quero ME TORNAR um redator respeitável.
- TU queres TE TORNAR um profissional de renome.
- ELA quer SE TORNAR uma escritora.
- NÓS queremos NOS entender.
- VÓS quereis VOS expressar.
- ELES querem SE FAZER ENTENDER.

Foi exatamente para isso que um dia criaram esses trecos excêntricos chamados de primeira, segunda e terceira pessoas do singular e do plural, todas rigorosamente listadas, como nos rankings de lutadores.

Atenciosamente, pela proibição dos chutes na Língua.

Amarraram eu.

Vítima de assalto e do sistema educacional.

Reiteradamente, destacamos que aquilo que não se escreve às vezes cabe na linguagem coloquial, dependendo do ambiente. Não é o caso da poética construção exposta no topo desta página.

AMARRARAM EU, com todo o respeito, caberia somente na boca de um maltrapilho intelectual. Com licença poética assinada por Deus e firma reconhecida!

A propósito, vale nova distinção quanto à maneira específica de registrar os pronomes por escrito, sem NUNCA INICIAR FRASES OU ORAÇÕES COM PRONOMES PESSOAIS.

ME AJUDA AÍ só rola na linguagem coloquial. E olhe lá!

Pela norma culta, TRANSFEREM-SE automaticamente pronomes eventualmente posicionados no início das orações. *SE LIGA!* Digo, LIGUE-SE!

DAR-TE-IA exemplos melhores de colocações pronominais defeituosas, se os tivesse em mente.

Ele nunca treinou com nós.

Lutador famoso pela voz fina em bate-papo que ia bem.

Antes de mais nádegas, devo esclarecer que o autor da patifaria nunca treinou Português *COM NÓS*... Nunca estudou *COM NÓS*... Nunca aprendeu *COM NÓS*. (Digo NÓS me incluindo humildemente no rol daqueles que buscam levar às almas desamparadas a iluminação do saber.)

Falemos, porém, da polêmica afirmação.

No Português, dizem as boas línguas que (logo ao se cumprimentarem) as palavras COM e NÓS sofrem uma fusão mística que as transforma em um único ente, vulgarmente denominado CONOSCO!

Quem quiser treinar CONOSCO, portanto, pode treinar à vontade.

Quem quiser treinar COM NÓS deve virar marinheiro. Ou confeiteiro, se for NOZ com Z.

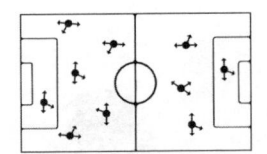

Encontramos uma escalação que dificulta o adversário.

Treinador bigodudo eternizado pelo ótimo trabalho na famigerada Copa de 2014 d.C.

Taí um orador célebre pela capacidade de dificultar a compreensão daquilo que ele pensa (penso eu) que não deveria compartilhar!

Nem na mais torpe teoria da conspiração, porém, o vulgo Bigode seria razoável ao celebrar uma escalação que tornasse o adversário ainda mais difícil.

Da forma como foi dita, a fala transmite uma mensagem rigorosamente oposta à desejada.

Claramente, o "professor" tentou dizer que encontrou a formação ideal da nossa equipe, a escalação que iria DIFICULTAR A VIDA DOS RIVAIS, nunca a própria tarefa!

Todos teriam entendido melhor se entrasse em campo uma das duas substitutas:

• Encontramos uma escalação que DIFICULTA AS COISAS para o adversário.

• Encontramos uma escalação que FACILITA AS COISAS para nós.

É o que já dizia o santíssimo Pai Abu: complicado é ser simples e é simples ser complicado!

O Fluminense foi superior do que o Santos.

Narrador de jogo de tevê a cabo paga mico.

Certas declarações provocam dores nos ouvidos e até inflamação na torcida. Particularmente quando partem de especialistas supostamente habilitados para falar em transmissões com grau mínimo de credibilidade...

Com ímpeto investigativo, consultei minha sobrinha de seis anos sobre a genialidade aqui detalhada e obtive resposta categórica: na referida disputa, o Fluminense foi MELHOR DO QUE o Santos.

Naquele dia, de fato, o time das Laranjeiras FOI SUPERIOR AO Peixe.

Vale, portanto, a regra do jogo, seja ela clara, escura, cafuza ou mameluca:

- Uma equipe é MELHOR OU PIOR DO QUE OUTRA.
- Uma equipe é SUPERIOR ou INFERIOR A OUTRA.

Mas ser superior AO Santos não significa ser superior AOS santos, que (pelo catolicismo) seguem nos vigiando lá de cima, acima do bem e do mal.

Nunca vi o ginásio tão cheio do que essa noite.

Frase de narrador renomado do autointitulado Canal Campeão.

Ambientes lotados geram euforia e euforia pode causar confusão mental, o que talvez explique o tropeço rasteiro do locutor.

Vê-se aqui uma fala TÃO ESTRANHA QUANTO errada.

Mas se estiver alerta TANTO QUANTO precisa estar, o cabra da peste vai notar a gafe rapidamente, TANTO QUANTO seus ouvintes.

Ao estabelecer comparações, dizemos que:

• O ginásio A está TÃO CHEIO QUANTO o ginásio B.

• O ginásio A está cheio, TANTO QUANTO o ginásio B.

• O ginásio A está MAIS CHEIO DO QUE o ginásio B.

Misturar coisas incompatíveis na mesma panela, mexer tudo e produzir uma maçaroca é o mesmo que comer pizza com macarrão e feijoada, entende?

Ela *ganhou em terceiro lugar no torneio.*

Repórter criativa relata desempenho de atleta em competição recente.

Se eu fosse um redator bonzinho, escreveria que esporte é saúde, que o importante é competir, e subir ao pódio é sempre um resultado excepcional...

Ocorre que sobrevivo do humorismo e sou, circunstancialmente, autor de um trabalho de compilação de frases pitorescas...

A atleta se sacrificou? Superou-se? Teve infância miserável? Ok, tudo deve ser computado.

Mas nada disso me fará desviar a atenção da fala sem pé nem cabeça, ou, se preferir, da afirmativa portadora de necessidades especiais.

Perambula na mente inquieta a sensação de que GANHAR EM TERCEIRO equivaleria a chegar por último em uma disputa com três competidores.

Na loteria, *GANHAR EM TERCEIRO* é o mesmo que perder o dinheiro da aposta.

GANHADOR ou CAMPEÃO de uma competição é apenas UM CONCORRENTE ou UM GRUPO.

Sugestão: diga apenas que a dita-cuja FICOU EM TERCEIRO LUGAR ou GANHOU O TERCEIRO LUGAR.

O fundamental é não tropeçar na língua!

3. Verbos morféticos

Um técnico sempre vai preferir mais certos jogadores.

Técnico com apelido de anão em depoimento pequeno e intrigante.

É preocupante ser liderado por um cérebro que discorda das mais elementares teorias do bom senso e, pelo visto, mal sabe escalar as palavras das preleções.

Desprezadas as extravagâncias do infeliz, contudo, vejamos o modo preferível de formular a oração dada como fadada ao insucesso.

PREFERIR tem o significado de ESCOLHER, ELEGER. Quem escolhe, ESCOLHE A OU B. Não *ESCOLHE MAIS A* e *MENOS B*.

Com boa dose de tolerância, MAIS PREFERIDO é o que ou quem é preferido MAIS VEZES, não o preferido por mais gente.

Quando se deparar com uma escolha, pronuncie-se com objetividade, em um repertório SEM MAIS NEM MENOS.

Quem não é PREFERIDO é PRETERIDO. E vice-versa. Ponto final.

Milhares de pessoas *foram evacuadas.*

Com prisão de ventre no cérebro, enviado internacional descreve reação de autoridades a alerta de tsunami.

É compreensível que o desespero provocado por um fenômeno assustador como um tsunami resulte em falas embaralhadas ou mal formuladas da parte de um correspondente menos sereno.

Ao mesmo tempo, é inevitável que a sugestiva declaração cause algum mal-estar no ouvinte.

Pela lógica, não seria factível uma reportagem informando que, por algum motivo extremo, pessoas foram coagidas a fazer "o número 2", como se diz na moita!

Daí a conclusão de que o equívoco na citação destacada seja decorrência da forma incorreta de transmitir a mensagem.

Áreas SÃO EVACUADAS em caso de incêndio, acidente etc.

PESSOAS EVACUAM áreas ou, quando muito, são RESGATADAS.

No outro sentido, relacionado a necessidades fisiológicas, EVACUAR é atividade estritamente solitária, com porta fechada e inapta a maiores descrições em publicações higiênicas.

A gente gosta de *vim* aqui.

Analista política despojada em telejornal suspeito.

São declarações desse calibre que prejudicam, entre outros fatores, o direito de IR e VIR da população nos grandes centros urbanos.

Veja bem, de minha parte, se eu não puder VIR até aqui para ajudar, eu prefiro ficar em casa e não atrapalhar, ok?

A propósito, segue um boletim de utilidade pública.

O infinitivo correto do verbo que VEM a este caso é nosso prezado (estranho para muita gente) VIR!

VIR, que, apesar de xará, não tem parentesco sequer remoto com o outro VIR, condicional do verbo VER, que, se você VIR por aí, a partir de agora saberá distinguir.

Em suma, não VIM confundir.

Prometo que, se eu VIER a confundir, todo mundo terá o direito de VIR me VER para os devidos esclarecimentos.

Mas não me venha com *VINS* vis! Nem que o bovino engasgue.

> TOC, TOC, TOC!

Se caso ele vim...

Personagem Aguiar em outra façanha usual da oratória mundana.

Erros que muitos cometem são tiro e queda para o taxista mais chutador e prolixo da história do automobilismo comercial.

Quando todos erram, a maria vai com as outras obviamente adere!

SE CASO, entretanto, é espécie não reconhecida pela ciência literária. Mistura duas palavras com o mesmo sentido em um resultado *nonsense* vazio!

VIM, conforme dito na joia anterior, é o tempo passado do verbo VIR. Verbo VIR, cujo modo condicional é VIER.

Em caráter conclusivo, esse modo rudimentar de tratar um verbo relacionado justamente a deslocamentos talvez reflita fielmente a qualidade do transporte oferecido pelo motorista ora enxovalhado...

VIM, vi e esclareci?

Se cabesse a mim decidir...

Jogador de futebol discursa sobre decisões próprias e impróprias.

SE COUBESSE a mim definir, eu diria que foi uma fatalidade que ostentou a suscetibilidade do cidadão (e do respectivo time) em modalidade que sabiamente requer inteligência e raciocínio rápido.

Admiremos, todavia, outras patacoadas incabíveis na esfera do vocabulário convencional:

- A camisa ficou boa, mas a calça não *CABEU*... (o sapato COUBE).
- Se o espaço for grande, *EU não CABO*... (EU CAIBO).
- As palavras não *CABERAM* naquele momento... (NÃO COUBERAM).

CABER é mais um dos chamados verbos irregulares e segue normas específicas.

Verbos regulares têm como referência os infinitivos cantar, vender e partir. Quando flexionados, mantêm inalterados os radicais das palavras.

Verbos irregulares, com destaque para dar, estar, fazer, ser, trazer, pedir e ir, são mutantes natos. Transformam-se radicalmente com base nos tempos verbais e, pela natureza volúvel, são discriminados e rotulados pela gramática oficial.

Obs.: Diferentemente do que ocorre com as jogadas irregulares, proibidas no futebol, os VERBOS IRREGULARES são plenamente aceitos no Português, desde que corretamente conjugados.

Se eles *terem* condições de mostrar...

"Jornalista" falando *brasileiro* fluentemente em rede nacional.

Tratarei deste caso digno de UTI crendo piamente que os apresentadores de tevê se expressariam melhor SE TIVESSEM condições de realizar preparo adequado.

SE TIVESSEM. Mas não se pode ter tudo na vida...

Na sociedade das palavras, novamente, VERBOS IRREGULARES são discriminados por não se adequarem às convenções. Do mesmo modo que os imigrantes são discriminados na Europa e os gays são segregados pelo extremismo religioso!

Diferentemente das irregularidades do Poder Público brasileiro, VERBOS IRREGULARES são legais, constitucionais e permanentemente preservados pela norma culta.

Conclusão: irregularidade VERBAL não tem limite.

Se investisse, o time teria chego à Libertadores.

Ilustre comentarista de futebol, em fala duvidosa
para um canal pouco exigente.

Causa calafrios ouvir pronunciamento tão inadequado da parte do "jornalista" (pasme) tido como competente no universo boleiro.

Façamos uma breve explanação.

CHEGO é o verbo CHEGAR na primeira pessoa do singular (EU CHEGO), no famoso presente do indicativo.

Eu CHEGO. Tu CHEGAS. E ele... CHEGA de besteira!

O particípio passado de CHEGAR é o nosso querido CHEGADO!

O time teria CHEGADO à Libertadores se jogasse melhor do que o comentarista comenta.

Sem OS CHEGADOS, ninguém chega a lugar algum.

Inaceitável que o aposentado esteje ganhando menos.

Candidata à presidência da República cuja sigla partidária remete ao astro-rei, em debate eleitoral caloroso.

À parte a questão da defasagem nos ganhos de aposentadoria, preocupo-me seriamente com a defasagem na capacidade verbal de nossos representantes.

Certas grosserias com o idioma são aceitáveis apenas e tão somente caso o autor *SEJE* um brincalhão ou *ESTEJE* momentaneamente sob esse ímpeto satírico.

Há verbos que terminam com a letra A, mas recebem um E em certos tempos verbais quando embutem o sentido de hipótese.

Exemplos:

Você PENSA, é possível que PENSE. FALA, possivelmente FALE. AVALIA, provavelmente AVALIE.

SEJE e *ESTEJE*, entretanto, não se enquadram nessa norma e, pior, são equívocos de alto potencial desmoralizante. Infiltram-se até na tevê, em substituição aos bons e pacatos SEJA e ESTEJA. Querem ser chiques e ficam cafonas.

Caso ESTEJA em dúvida, não SEJA pretensioso. Antes de escrever ou inovar com preciosidades raras em âmbito profissional, procure o alfabetizado mais próximo ou consulte o *Manuel de Garantia*.

Isso vai acabar mal se você não for e dizer isso a ele!

Personagem dublado da série *Futurama*, do mesmo autor de *Os Simpsons*.

Admirador que sou do autor dos desenhos animados citados, não deixo de admirar a qualidade humorística das séries, ainda que isso implique dar de cara com pérolas da dublagem produzidas pelos Herbert Richers da vida.

Quando a redação envolve tradução, aliás, os atritos com as mais elementares normas de linguagem se avolumam.

Fato é que, no idioma inglês, o verbo TO SAY (DIZER) não varia no modo condicional.

Em português, a conjugação varia, mesmo para o segundo verbo referente à condicionante SE.

Explicando melhor, a frase correta seria: "Isso vai acabar mal se você não FOR e DISSER isso a ele".

Se eu VIER aqui, não FIZER cerimônia e DISSER que programas dublados praticam uma língua diferente da nativa, todos entenderão que CONDICIONAL não é só um tipo de prisão e também tem a ver com o futuro, em todos os tempos.

O melhor vai ser quem *ser* campeão.

Famoso jogador de futebol cujo apelido remete a uma popular espécie avícola de pescoço curto que faz QUÉ.

Um sujeito que se dá o direito de emitir uma preciosidade dessa magnitude tem o dever de pagar o pato posteriormente.

Porque, por melhores que sejam as condições do atleta, o apoio da torcida não é incondicional e, sendo CONDICIONAL, segue algumas regras.

Perceberá aonde quero chegar quem FOR apto a conjugar verbos no modo hipotético, futurístico, oriundo do campo das possibilidades.

Em outras palavras, a frase apropriada seria: "O melhor vai ser quem FOR campeão".

Isso no campo do idioma, é claro.

No campo de futebol, como sabemos, nem sempre vence o melhor.

Se o time da casa propor o jogo...

Frase estampada em seção esportiva de jornal distribuído em diversos estados.

As atuais condições da mídia impressa nos levam a debater pela enésima vez o MODO CONDICIONAL das verbas, digo, dos verbos conjugados sob o conceito de hipóteses.

Perceba o ilustre leitor que, neste caso, o lapso não teve sequer a justificativa da rapidez da linguagem oral, pois a aberração acima ressaltada foi publicada POR ESCRITO!

Daí a conclusão de que o "redator", talvez em estado de sonolência, tenha esquecido que verbos derivados do verbo PÔR seguem a mesmíssima forma de inflexão do padrinho, o que vale para PROPOR, CONTRAPOR, REPOR, DISPOR, IMPOR...

Se vosmecê PROPUSER um exemplo prático e eu PUSER os pingos nos is, vamos deduzir em conjunto que o paspalhão ora vilipendiado fará bem quando se DISPUSER a reforçar os estudos.

O jogador joga, o treinador treina, e o roupeiro roupa.

Nenê Beiçola, futebólogo de carteirinha, durante debate bola murcha.

Na prática, basta que o futebólogo seja veterano, mal-humorado, feioso, teimoso e irracional para que qualquer abobrinha recheada por ele enunciada soe como prato fino.

O roupeiro está apto a MEDIR, COSTURAR, LAVAR, DOBRAR... Mas não pode *ROUPAR*, simplesmente porque a palavra não existe.

Digo, existir até existe, tanto que acabo de redigi-la, porém fruto de devaneio "fora da lei".

Resumo deste ato da opereta: algumas profissões mantêm a mesma raiz no verbo e no pronome.

O COBRADOR COBRA, O PROCURADOR PROCURA, O COSTUREIRO COSTURA.

Outras atividades são mais originais.

CIENTISTAS CRIAM o novo. ARTISTAS LEVAM A FAMA E FAZEM dinheiro. POLÍTICOS EMBOLSAM propinas.

ELEITORES RIEM para não chorar.

Sanduíche eu não vou ter e o *refrigerante vou ficar devendo*, campeão!

Personagem Pires, que não é um grande garçom, mas certamente é um graaaande pentelho!

Ao receber tratamento de CAMPEÃO, um freguês nunca deveria reclamar se o estabelecimento não tem sanduíche nem refrigerante.

No aspecto nutricional é uma notícia excelente, claro!

Mas a resposta nebulosa muitas vezes embaralha o interlocutor em decorrência de tempos verbais deslocados em sentido figurado...

NÃO VOU TER é o mesmo que NÃO TENHO? VOU FICAR DEVENDO é igual a NÃO TENHO DESTA VEZ?

Sim e sim. O futuro chegou ao presente!

Para finalizar, não é errado falar desse jeito fora de circunstâncias específicas. Na padoca, tá liberadaço!

Mas nunca subestime a capacidade do ouvinte de imaginar outros significados em suas palavras.

Sempre haverá alguém apto a deduzir que o local TEM SANDUÍCHE e o garçom logo vai buscar dois refrigerantes, sendo que um ele vai ficar me devendo.

Tá doido, pooombas?!... Cadê o gerente dessa espelunca?!...

4. Redundâncias/pleonasmos

Há doze anos atrás...

Candidato à presidência eloquente, durante debate eleitoral em 2014 d.C.

Comumente adotada no início de discursos, a expressão HÁ TEMPOS ATRÁS é altamente desaconselhável HÁ TEMPOS e mina a credibilidade do depoente, por mais brilhante que este venha a ser.

E não importa se o fato se deu há 12 minutos, 25 horas, 3 dias ou há mil milênios *atrás*.

A expressão HÁ DOZE ANOS utiliza o presente do verbo HAVER e significa o mesmo que FAZ DOZE ANOS ou DOZE ANOS ATRÁS.

As três formas já indicam o sentido de tempo passado, independentemente das unidades de tempo.

Dizer há doze anos *atrás* ou faz doze anos *atrás*, por consequência, é repetitivo, redundante, é dizer duas vezes a mesma coisa.

Algo bastante comum ao discurso político em período eleitoral, quando os candidatos procuram turbinar o próprio discurso com ênfases exageradas e repetem frases prontas feito papagaios, ao mesmo tempo que não ouvem nem notam quase nada ao redor.

O título do filme *vai se chamar* **Buena Vista.**

Apresentador de telejornal lê ao vivo o texto escrito pelo redator estagiário.

Escrever é cortar palavras, escrever bem é usar as palavras certas e transmitir recados precisos.

O autor do monstrengo aqui analisado certamente se ausentou no dia dessa aula.

Azar do âncora do noticiário, que também foi incapaz de detectar a embolada e ficou engaiolado na arapuca.

Se me disserem que O TÍTULO do filme SERÁ Buena Vista, ou que O FILME SE CHAMARÁ Buena Vista, maravilha, sem objeções!

Não se queira, porém, preparar uma receita com joio e trigo.

Pior ainda quando o sujeito teve tempo de parar, pensar, redigir e revisar o texto levado ao diretor *anarfa.*

TÍTULO e NOME são sinônimos que, na frase destacada, conduzem necessariamente ao verbo SER: O TÍTULO do filme É escolhido. O NOME do ator É Fulano de Tal.

Se digo que *O NOME DELE SE CHAMA BELTRANO,* sou um personagem cômico, assumido ou acidental.

A dificuldade vai ser muito mais difícil.

Comentarista política fala de inflação e gera outro problema.

Até em cursos não tão conceituados como os ministrados na FODERJ, Faculdades Odair Ernesto Júnior, estudantes de comunicação aprendem a evitar a repetição de palavras na mesma fala ou frase ou oração ou redação curta, a não ser em casos excepcionais e de ênfase proposital.

Num *textículo* de sete palavras, não cabe (nem apertando) a trêmula conjunção DIFICULDADE DIFÍCIL.

Pegaria igualmente mal falar em facilidade muito fácil ou tolice mais tola.

Se a dificuldade aumenta, veja bem, ela será maior, mais preocupante, mais estimulante.

Basta encontrar um adjetivo apropriado de sua preferência e desfrutar as facilidades mais inebriantes da vida.

Caso contrário, você terá um PROBLEMA MUITO MAIS PROBLEMÁTICO para se comunicar no trato formal.

Precisamos jogar um pouquinho mais melhor.

Atleta presenteia repórter de campo com frase um pouquinho MAIS PIOR.

MENOS PIOR que a "licença poética" seja de um boleiro, visto que nem todos conseguem conciliar carreira e estudos...

Dependendo do grau de retardamento, no entanto, é preciso explicar sempre MAIS E MELHOR.

NUNCA, em hipótese nenhuma, nem mesmo sob tortura, diga que isso ou aquilo é *mais bom* ou *mais melhor* ou *mais ruim* ou que faz *mais bem*.

Como termo de comparação, MELHOR já significa MAIS DESEJÁVEL e assim não comporta auxiliar indicativo de intensidade.

A fala correta e reta seria: "Precisamos jogar UM POUCO MELHOR".

Por outro lado, se MELHOR cumpre o papel de ADJETIVO, a palavra varia normalmente.

As MELHORES pérolas do idioma brotam nos campos de futebol.

Precisamos ser MELHORES. Sem MAIS nem MENOS.

É a experiência *que se espera de um jogador* experiente...

O mesmo fanfarrão da pérola anterior, em outro repente de brilhantismo.

E lá vamos nós, novamente, às frases que carregam altas doses de obviedade e, em alguma medida, menosprezam a inteligência alheia.

Sejamos diretos. Se não se pretende reforçar determinado conceito pela ferramenta explícita da repetição, repetir palavras de origem idêntica, como EXPERIÊNCIA e EXPERIENTE, em falas curtas é sinal de limitação cultural.

Em casos semelhantes, consequentemente, encontre um sinônimo para a palavra repetida.

É a EXPERIÊNCIA que se espera de um orador MADURO, VIVIDO, SABIDO, SAFO, TARIMBADO...

Eu desenvolvo tecnologia para o desenvolvimento do país.

Comercial de tevê subdesenvolvido pelas
Forças Armadas do Brasil.

Redundância outra vez?! Assim esta obra vai acabar ficando monótona!

Na prática, foram de novo duas palavras com o mesmo radical (DESENVOLVO e DESENVOLVIMENTO) em uma declaração de oito palavras.

Em linguagem artística, conforme explicamos há pouco, pode ser um recurso intencional. Mas no comercial de nossas Forças Armadas?

Ninguém desenvolve tecnologia para não se desenvolver.

Imoral da história: para salvar a combalida frase das frentes inimigas, basta adotar um SINÔNIMO e, a partir de agora, desenvolver TECNOLOGIA PELO CRESCIMENTO, PELO AVANÇO, PELO FUTURO DO BRASIL.

Na minha opinião *particular,* eu acho que...

Personagem surfista levado por uma onda de insensatez.

Aqui temos outro gracioso representante dos erros ou desacertos mais prestigiados em território nacional.

Se quem fala sou EU, a opinião obviamente é minha! Exceto se eu for massa de manobra...

Se não componho o rebanho de terceiros, trato de expressar aquilo que EU penso, observo e desejo PARTICULARMENTE.

Baseado em tal lógica, dado o uso indiscriminado de palavras que reforçam um caráter individual implícito na oração, deduzimos (na maldade) que muitos de nossos compatriotas exprimem mais ideias emprestadas do que genuinamente pessoais.

Aliás, valeria discutir por que razão surrupiamos pensamentos alheios.

Se o motivo não for fraqueza ou temor, é possível que seja um adesismo míope e convicto de uma sociedade carente e solitária!

É isso aí!

Nove entre dez apresentadores de tevê no início de nove a cada dez blocos das mais diversas atrações.

Antes de mais nada, meu humilde reconhecimento de que o bordão criado no comercial de refrigerante dos anos 70 é, aí sim, um caso de verso propositalmente redundante, fruto de "licença artística".

Como já vimos, o pleonasmo proposital visa a conferir ênfase a determinado conceito.

Imagino que existam muitas conversas em torno do "complexo conceito" então atribuído ao emblemático É ISSO AÍ!

Deduzo que convenceram o cliente a acolher a proposta porque abusaram do publicitês, salientaram que o AÍ criava uma "sensação subconsciente de proximidade entre emissor e receptor", blá-blá-blá, blá-blá-blá...

Pela regra culta, no entanto, ISSO já inclui o significado de AÍ, pois ISSO é sempre o que está ENTRE emissor e receptor, nem de um lado, nem de outro.

ISTO embute o sentido de AQUI, algo mais próximo do emissor e mais distante do receptor. AQUILO é o que está distante de ambos.

Em suma, É *ISTO AQUI*, *ISSO AÍ* e *AQUILO ALI* sempre. Os significados já estão embutidos NISTO, NISSO OU NAQUILO.

Mesmo sem os caroneiros clandestinos, ou seja, mesmo que não queiramos reforçar o recado.

Ter a possibilidade de poder ter uma chance...

Da tribuna da Assembleia Legislativa de um estado em estado falimentar.

Inacreditável o número de obstáculos entre indivíduo e objetos de desejo...

Não por coincidência, tal distanciamento remete à *burrocracia* estatal que impera frente a pessoas físicas e jurídicas no Brasil, atrapalhando competentemente a busca dos objetivos de quem só quer trabalhar.

Aos heroicos batalhadores que logram superar os recifes e a arrebentação cartorial desta Terra Dourada, dedico esta singela reflexão.

POSSIBILIDADE é sinônimo de CHANCE. POSSIBILIDADE deriva de POSSÍVEL. POSSÍVEL é o que PODE ocorrer.

TER A POSSIBILIDADE DE PODER, assim, é um BIS da mesma letra.

TER A POSSIBILIDADE DE PODER TER A POSSIBILIDADE... já é um disco riscado!

Imoral da história, com direito a locução sensível e trilha sonora melosa: elimine os intermediários, assuma diretamente suas questões e seus objetivos dependerão exclusivamente de você e suas ações.

5. Frases dúbias, imprecisas

O PMDB não quer deixar de perder espaço no ministério.

Jornalista de grande emissora de notícias, durante análise nebulosa sobre o guloso Partido do Movimento Democrático Brasileiro.

Nem é preciso ser formado em Letras ou conhecer a fundo a história do Brasil para detectar a indigência da referida frase, que leva ao entendimento do extremo oposto do proposto.

Se fosse sucinto, o aventureiro teria dito apenas e tão somente que O PMDB QUER MINISTÉRIO, tanto quanto índio quer apito e bode quer milho!

Retomando a serenidade institucional, porém, observemos.

Na frase em debate, o verbo DEIXAR tem sentido de PARAR, portanto o apresentador declarou solenemente (obviamente sem querer) que o PMDB NÃO QUER espaço nos ministérios.

O adequado, logicamente, seria falar que O PMDB NÃO QUER PERDER ESPAÇO NO MINISTÉRIO ou NÃO QUER DEIXAR DE TER ESPAÇO NO MINISTÉRIO.

Partido político nenhum nunca vai querer perder espaço, nem aqui nem na China!

Quem pode futuramente perder espaço, no caso específico da mídia, são os profissionais de imprensa prolixos e confusos.

> **SP - SÃO PAULO**
> **DER-0002**

Emplacou *a segunda derrota consecutiva.*

Narrador do UFC estende o vale-tudo ao idioma vigente, durante torneio de MMA (Mixed Martial Arts ou Artes Marciais Mistas).

Pelo visto, não são poucas as excentricidades do MMA, essa simpática modalidade que remonta aos tempos dos gladiadores do Coliseu romano.

Tomando como base o ambiente dos torneios, o visual dos lutadores, cabelos, tatuagens, a pérola aqui relatada até que não é das mais chocantes!

Aprofundemo-nos, pois, na ruidosa afirmação.

Como quase todos sabem, EMPLACAR tem conotação positiva, geralmente ligada à celebração de feitos grandiosos que originam a confecção de placas comemorativas.

Emplacar derrotas, assim, seria inédito, extravagante ou derrotismo/masoquismo puro.

Mais lógico seria emplacar um golaço, uma música nas paradas ou, por que não, um automóvel no Detran.

Minha intenção é querer ficar aqui.

Jogador de futebol surpreende em apresentação ao novo clube.

MINHA INTENÇÃO é entender o que precisamente o infeliz pensou ou quis dizer... Se é que ele pensou ou quis dizer algo!

Aparentemente, o reticente manifesta a intenção de permanecer no novo time por muito tempo. Ou não, quer dizer...

Ele também pode estar expondo a vontade de sentir vontade de continuar, o que deixaria subentendido que por enquanto ele não teria a intenção de ficar.

Independentemente do que tenha se passado pela mente atormentada do malfeitor, uma coisa é certa: QUERER é o mesmo que TER A INTENÇÃO DE.

Ter a intenção de querer é igual a afirmar: *quero querer ficar aqui.* Quero crer que se expressar assim seja impraticável!

A não ser em caso de criaturas que (como o autor da pérola) talvez não saibam com exatidão o que querem da vida.

Veio de encontro a tudo que eu sonhava.

Microempresária controversa em reportagem duvidosa.

O pequeno empreendedor sabe perfeitamente a quantidade de pegadinhas que é obrigado a encarar no Brasil quando ousa abrir o próprio negócio, no bom sentido.

Dessa pegadinha monossilábica, no entanto, ele haverá de se esgueirar, para não ir DE ENCONTRO ao trato adequado dos termos.

Para vislumbrar um futuro promissor, a empresa precisará (isso sim) ir AO ENCONTRO daquilo que objetiva!

Ir AO encontro é ABRAÇAR, ACOLHER.

Ir DE encontro é BATER DE FRENTE, COLIDIR. O contrário daquilo que pretendeu expressar a paspalhona!

Conclusão: vamos todos ao encontro de uma retórica mais clara, de encontro aos obstáculos que dificultam o entendimento entre as pessoas.

O Kansas está quase bem no centro dos Estados Unidos.

Documentário de canal teoricamente especializado no ensino de História.

Malditos bobocas! Taí uma dublagem com defeito de fabricação, cuja tradução "dos diabos" gera alvoroço entre neurônios desavisados.

É o típico caso em que o orador sucumbe ao eterno dilema existencial: fazer o número 2 ou sair da moita?

Para começo de conversa, reparemos que na frase a palavra BEM tem sentido de EXATAMENTE.

Feita a ressalva, das duas, uma: ou o Kansas está EXATAMENTE NO CENTRO ou está QUASE NO CENTRO dos Estados Unidos. As duas coisas juntas são obrigatoriamente incompatíveis, inversas. Aqui os opostos não se atraem!

No final das contas, o sujeito diz duas coisas que se anulam mutuamente e o resultado é igual a zero.

É como se ele tivesse permanecido em silêncio e ainda assim falado bobagem!

É um atacante *aproveitador*.

Comentarista almofadinha elogia jogador considerado eficiente.

Particularmente, vibro muito, pois sou um *vibrador*.

Quando posso, elevo a autoestima das pessoas, pois sou um *elevador*.

Mantenho a frieza graças ao meu espírito *refrigerador*.

Mas, se faço tudo isso, é exclusivamente para destacar a necessidade de escolher termos apropriados ao significado que se pretende passar adiante.

Não que, pela lógica, seja errado atribuir o adjetivo APROVEITADOR ao jogador que aproveita bem determinada situação. Se declarasse que o termo não tem sentido, eu seria um enganador.

No entanto, APROVEITADOR é qualificação predominantemente adotada no SENTIDO PEJORATIVO, NEGATIVO, definindo aquele que tira proveito da ingenuidade alheia.

Daí a conclusão de que provavelmente soe melhor elogiar de outras maneiras um jogador IMPLACÁVEL, EFETIVO, GOLEADOR, INCISIVO...

A não ser que, além disso tudo, o cara seja também um crápula, é claro!

Eu normalmente escolho sempre pelo coração!

Participante do BBB em momento de mimimi.

Como já percebemos, é bastante comum nos empolgarmos e soltarmos falas contraditórias. É algo que *SEMPRE* soa estranho, *ÀS VEZES*...

Geralmente, são dúvidas que povoam profundezas da alma humana e ganham vida em depoimentos com sentido impreciso.

Fica a dica: NORMALMENTE é o mesmo que DE VEZ EM QUANDO, COMUMENTE, REGULARMENTE.

SEMPRE quer dizer A TODO MOMENTO, o tempo todo.

Se é normalmente, não é sempre, e vice-versa.

Adendo sociocultural: não por acaso, frases imprecisas são muito repetidas por políticos, enroladores e espertalhões em geral, na intenção de confundir o ouvinte de boa-fé ou desatento.

Na seleção brasileira, a maioria todos jogam na Europa.

Comentarista de renome em declaração que é um "banho de civilização", como dizem minhas tias francesas.

Outra vez a imprecisão suprema que A MAIORIA não CONSEGUE evitar.

Quando aprendem a arte da clareza, todavia, TODOS seguem o exemplo salutar.

Se é maioria, não são todos! Se são todos, não é maioria!

Em respeito às minorias (partes menores), as maiorias (partes maiores) seguem sendo apenas e tão somente a parte majoritária de um conjunto.

Exceto no caso das maiorias totalitárias, que perseguem, prendem e sufocam as minorias.

Espero que TODOS tenham entendido, sem exceção.

Um dia joga terça e sexta, um dia fica uma semana *inteira* sem jogar...

Incentivado pelo calendário idiota do futebol brasileiro, cronista profissional cria a própria agenda idiota.

Com boa vontade, discernimento e paciência, não é nada incompreensível a fala do intempestivo ser humano aqui saudado.

Ao dizer UM DIA, na verdade ele quis dizer que em UM MOMENTO (do ano) o time joga às terças e sextas, e em outro MOMENTO (da temporada) passa muitos dias sem nenhum jogo.

Isso nos leva a concluir que (embora confusa e nublada) a fala não foi totalmente errada.

Neste caso, grosso modo, o único erro crasso foi contar com a presteza do interlocutor, dado que o perfil OUVINTE ATENTO é crescentemente incomum no âmbito do sistema solar e adjacências.

Provavelmente com certeza vai ser um bom jogo.

Locutor incerto durante transmissão da Série B do futebol nacional.

Outra frase repousa plácida sobre o muro.

Estar na Série B PROVAVELMENTE não é grande glória para torcedor nenhum.

Mas pior, COM CERTEZA, é pagar TV a cabo pela Série B e, por tabela, ter que ouvir um amplo leque de declarações de segunda!

Ocorre que PROVAVELMENTE significa a expectativa de que algo POSSA OCORRER e envolve algum grau de DÚVIDA. Algo provável, que, portanto, possa ser provado.

Já CERTEZA traz o sentido de CERTO, VERDADE, da ausência da dúvida.

Se o jogo com certeza será bom, você certamente deve banir da oração o termo "provavelmente".

Daqui para a frente, o time atuou bem.

Atleta brasileira "de futuro" prevê o passado.

Mais uma fala que não tem sentido nem aqui nem no Canadá, sede do Pan de 2015 d.C.

Mas vamos respirar fundo e ofertar mais esta colher de chá aos terroristas da comunicação.

Dada a premissa de que o time atuou bem, deduzimos que foi mencionado na frase um evento passado, finalizado, já ocorrido.

DAQUI PARA A FRENTE, no entanto, aponta para o FUTURO. E o futuro do time não há de ser alvo de prejulgamento, ora bolas!

Se fosse um trecho de poesia, eu diria que isso foi uma ANTÍTESE, figura de linguagem que se caracteriza pelo paradoxo, pela contradição, pelo conflito entre significados opostos.

Exemplos de antíteses: a alma do desalmado, desgraça engraçada, ateu graças a Deus...

A moçoila, por fim, deveria ter dito que DALI (DAQUELE MOMENTO) EM DIANTE, O TIME ATUOU BEM.

E o futuro a Deus pertence.

Não, acho que sim...

Vereador em resposta à questão simples e objetiva:
"Ficou surpreso com o resultado da votação?".

O autor da resposta destacada inquestionavelmente habita um muro espaçoso que comporta diversas espécies da fauna nacional.

Além da indecisão e da tergiversação puras, entretanto, há um terceiro fator gerador de colocações enroladas misturando SINS e NÃOS.

Trata-se da milenar mania de iniciar depoimentos com a palavra NÃO, que nesses casos é abreviação de NÃO É ISSO, NÃO SEI ou NÃO É EXATAMENTE ISSO, expressões relacionadas a um sentimento de contrariedade com algum elemento do contexto em questão.

Quando a resposta SIM começa pelo NÃO, são inevitavelmente maiores as chances de mal-entendidos.

Não obstante, como bem sabem deputados, senadores, padres e noivos, SIM É SIM e NÃO É NÃO!

No plebiscito e na Igreja, prevalece o maniqueísmo/antagonismo marcado dos mocinhos e bandidos.

É o BENDIZER CONTRA O MALDIZER, DIABO X DEUS, sem terceira via admissível.

Os gols não acabaram *saindo*...

Boleiro criativo em momento de cansaço mental.

São muitas as possíveis leituras do enunciado retrancado do futebolista em destaque.

Levado ao pé da letra, talvez indicasse que OS GOLS FORAM SAINDO E NÃO ACABARAM. Teria havido, assim, uma goleada.

Mas há também quem possa entender que os gols saíram no início da disputa: se não acabaram saindo, os gols começaram saindo?!

Vale o esclarecimento:

ACABAR SAINDO tem o sentido de SAIR NO FIM.

NÃO ACABAR SAINDO (em tese) quer dizer NÃO SAIR NO FIM.

E NÃO SAIR NO FIM, perceba, é diferente de NÃO SAIR! (Quem não saiu no fim pode sair no meio.)

Concluímos, então, que toda a confusão teria sido prevenida se o tal atleta tivesse posicionado corretamente o NÃO da frase e dito: OS GOLS ACABARAM NÃO SAINDO.

Para alegria do autor do livro, contudo, a pérola acabou saindo!

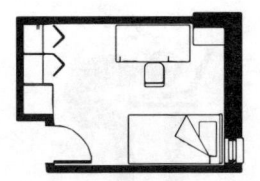

Os jogadores estão muito cômodos na partida.

Ex-jogador acomodado à função de comentarista.

Antes de outras considerações, cabe esclarecer: ao adotar o termo CÔMODOS, o autor do comentário em destaque não teve, aparentemente, o objetivo de comparar seres humanos a quartos, salas e espaços imóveis.

Partimos do pressuposto de que ele tentava afirmar que (na prática) os jogadores ESTAVAM ACOMODADOS, DESLIGADOS do jogo em questão.

Mas o orador ora homenageado também deveria ficar mais ligado.

Uma casa tem três CÔMODOS. O sofá lá de casa é muito CÔMODO. O dono do sofá é, no máximo, um ACOMODADO.

ACOMODADO é o único adjetivo que não permite leitura dúbia quando nos referimos a uma pessoa ou ser vivo que se acomoda (ajeita-se) sob determinadas circunstâncias.

Embora, em alguns casos, o primeiro caminho também seja possível, trocar o CÔMODO pelo ACOMODADO é a maneira certeira de prevenir o linguajar incômodo.

Honestamente agora...

Personagem Marco Bianchi ou Marcoss Binaqui, antigo papel deste que vos escreve no projeto Rockgol, da MTV.

PARA FALAR A VERDADE, NA REALIDADE, SINCERAMENTE, SEM SACANAGEM...

Pessoas falsas são usuárias contumazes de introduções que sublinham o caráter alegadamente verídico da conversa fiada que lançarão na sequência.

Sem adentrar o mérito da honestidade, porém, vale atentar para a baixa confiabilidade produzida por tais termos, pois quem pensa no que ouve haverá certamente de compreender que, considerado o alerta pontual, todas as outras falas do mesmo autor iniciadas sem a ressalva explícita da veracidade podem se descolar da realidade.

O bom ouvinte há de refletir se o HONESTAMENTE AGORA foi honesto antes ou não o será em seguida...

Conclusão: não existe honesto temporário.

Uma coisa é certa: o futuro a Deus pertence.

Analista econômico perspicaz em previsão audaciosa.

De inconsistência em inconsistência, atingimos o ápice do Concurso Miss Vaselina!

E não haveria enunciado melhor para representar a inventividade de todos os autoproclamados profetas, que insistem em nos impressionar com visões turvas do horizonte.

O tom é bravateiro, a voz se avoluma na certeza de que nasce ali uma elucubração brilhante.

O embasamento da profecia, em compensação, evapora.

Nisso tudo, a constatação derradeira é indiscutível: vejamos as próximas semanas!

A Colômbia encurralou o Peru.

Narrador sem detector de duplo sentido é pego em emboscada.

Neste diplomático exemplo, aprendemos que nem sempre uma asneira depende de falha gramatical, técnica ou logística.

Em determinadas circunstâncias, é possível dizer uma grande besteira sem cometer nenhuma gafe ostensiva.

É o caso das frases de duplo sentido, que levam o ouvinte a imaginar significados diferentes dos propostos pelo orador no âmbito da comunidade cristã.

Porque, para início de conversa, o verbo ENCURRALAR é sinônimo de ACUAR, e o fato de ambas as palavras terem um CU no meio não é mera coincidência!

Já o PERU, ainda que represente um respeitável país vizinho, carrega consigo a gozada conotação de órgão sexual masculino, o popular pênis, pinto, bilau.

Assim, em casos de comunicação pública séria, evitamos frases que (no fundo, no fundo) causem desconforto.

Às colocações duras e/ou gozadinhas, dê as costas!

É certo haver til sobre MÃE?

Personagem Marcoss Binaqui adentra o campo das regras de acentuação.

Dirigida ao ilustre professor Pasquale (citado na introdução deste humilde apanhado), durante um debate ao vivo, com trilha sonora tensa e iluminação sombria, a fala soou maliciosa e abusada.

Descontadas as profundezas das mentes putrefatas, entretanto, o enunciado teve como meta ingênua e pedagógica o esclarecimento didático no tocante a essa entidade abençoada monossilábica que é nossa MÃE.

Til sobre MÃE é corretíssimo. Em termos de língua, no bom sentido, é claro!

E til não é acento, mas nossas amadas genitoras ainda assim dispõem de respeitabilidade acentuada!

Não perca nossa Black Friday de segunda a quinta.

Promoção bilíngue em loja no interior do estado de São Paulo.

No apego ao chamado anglicismo, caracterizado pela repetição sistemática de expressões de origem inglesa, salta aos olhos feito perereca o "complexo de vira-lata" do brasileiro, engenhosamente proposto pelo ilustre escritor Nelson Rodrigues.

Pois é, não resta dúvida de que muita gente recorre aos termos em inglês de modo exagerado e desnecessário, frequentemente a fim de demonstrar refinamento ou prestígio.

É o deslumbramento VIP MASTER PLUS!

O primeiro sintoma do mal é aquela adoração desmedida pelo iPhone, wi-fi, tablet, fast-food, call center, target, marketing, design thinking...

Ao patriota convém, sempre que viável e pertinente, adotar termos em português. Tanto para não parecer arrogante quanto para dar a oportunidade de compreensão a todo interlocutor, independentemente de nível de conhecimento.

Em tempo: ao pé da letra, BLACK FRIDAY quer dizer SEXTA-FEIRA PRETA. BLACK = PRETA, FRIDAY = SEXTA-FEIRA. Sexta-feira afrodescendente, se convier aos politicamente corretos extremados.

E fica o lembrete: sexta-feira é aquele dia gostosinho que vem logo após a quinta-feira e imediatamente antes do sábado, confere?

A realocação de uma sexta-feira entre segunda e quinta, embora possa soar interessante, é razoavelmente improvável diante das leis da física.

6. Palavrório inventado, estranhezas e penduricalhos

Quando o mundo inteiro entra em *descrescimento*...

Deputado arrojado na insinuante emissora legislativa.

Desse tal DESCRESCIMENTO eu nunca tinha ouvido falar até então.

Deduzo que possivelmente esteja para a economia assim como o SUPERÁVIT NEGATIVO está para a literatura.

Em uma visão liberal do mundo, *DESCRESCIMENTO* poderia ser considerado um eufemismo, que é uma figura de linguagem caracterizada pela tentativa deliberada de amenizar o sentido concreto do dito.

Na referida fala, especificamente, o situacionista tenta amenizar uma conjuntura tida como de recessão econômica.

Veja a seguir alguns eufemismos "traduzidos":

• Entregou a alma a Deus: morreu.

• Desprovido de aptidões intelectuais: idiota.

Eufemismos são indispensáveis em uma sociedade politicamente correta.

Para o alfabetizado, todavia, é mais recomendado declarar que a economia mundial ENCOLHEU, que O COMÉRCIO EXTERIOR É DECRESCENTE ou que A ATIVIDADE ECONÔMICA TEVE UMA RETRAÇÃO.

E digo mais: palavras não precisam ser economizadas nem mesmo em tempos de crise. O fundamental é poupar os ouvidos alheios de novidades obsoletas.

Oportunizando **a todos que se expressem...**

Outro artista no esplendoroso canal dos nossos esplendorosos deputados.

Sem OPORTUNIZAR em excesso, afirmo sem margem de erro que o digníssimo para-lamentar perdeu a oportunidade de silenciar quando do pronunciamento da referida bobeira.

Aparentemente, foi um exemplo daquele típico garganta inflado pelo desejo de florear o discurso, *oportunizando* assim uma citação digna de nota.

Agradecendo a oportunidade, não obstante, registro nos anais o oportuno (mas não oportunista) esclarecimento que segue.

Até que provem o contrário, OPORTUNIZAR é uma palavra inexistente. Não se materializa. Não é aceita em nenhum dicionário minimamente seletivo.

Eu não *oportunizo*, tu não *oportunizas*, ele não *oportuniza!*

Enfim, resta a dica: a expressão DAR OPORTUNIDADE é acessível, gratuita e condizente com o bom e velho idioma português, sem necessidade de emenda constitucional.

A Opera House é um dos pontos mais turísticos de Sydney.

Âncora de noticiário viajante.

Como a maior parte dos âncoras, o autor da pérola quase afundou uma atração que ia de vento em popa, deixando os executivos da emissora a ver navios.

Na realidade, a maré desfavorável possivelmente teve relação com o fuso horário australiano, que frequentemente desorienta turistas menos inteirados do universo que os cerca...

Coloquemos, pois, os pingos nos is.

Por mais cervejas mornas que tenha tomado com o Crocodilo Dundee e a galera do Saloon, na companhia de cangurus domesticados, o marinheiro de primeira viagem deveria estar ciente de que inexistem em solo australiano (ou em qualquer planeta conhecido da ciência) pontos *mais turísticos* ou *menos turísticos*.

Existem, sim, DESTINOS TURÍSTICOS MAIS OU MENOS VISITADOS. E a lua, por onde vagueia o enviado cujo nome convenientemente acoberto, certamente não é um deles!

O Mercadão de São Paulo é um local extremamente turístico.

Outro âncora de peso afundando a redação de um controvertido telejornal.

Vejamos o falastrão como um transeunte perdido que não domina a língua local e de repente se vê em um lugar totalmente misterioso chamado Dicionário.

Lá, se estiver apto à aprovação no rigoroso teste do sorvete, ele terá as informações de que precisa para não voltar a dar sopa na quebrada.

Objetivamente, nenhuma localidade, por mais exótica que seja, pode ser *extremamente turística* ou *relativamente turística* ou *ligeiramente turística* ou *plenamente turística!*

Mesmo que seu destino seja *razoavelmente excelente* e vossa companheira esteja *moderadamente grávida*, a norma culta sugere o uso do adjetivo isolado, sem especificar intensidade.

Puristas defendem que, se possível, o adjetivo seja isolado em uma solitária, para não se influenciar pelas más línguas das más companhias!

Enfim, uma notícia auspissareira.

Locutor badalado do mais tradicional canal esportivo do hemisfério sul.

Já vimos neste apanhado diversos erros relacionados à gramática, conjugação, concordância, lógica... Menos frequentes são os casos oriundos de palavras inventadas, que existem somente nas mentes torpes daqueles aventureiros que as pariram.

Antes de se preocupar em falar bonito, é preciso saber falar.

AUSPICIOSO é aquilo que gera expectativa positiva, o mesmo que promissor.

ALVISSAREIRO é aquele que anuncia as alvíssaras ou boas-novas.

ALVISSAREIRO e AUSPICIOSO, portanto, querem dizer a mesmíssima coisa!

Auspissareira não é nada, ou melhor, é uma espécie híbrida (ainda não catalogada pela ciência) obtida pela fusão de sinônimos. É o chamado filhote bastardo de rato com cobra-d'água!

7 x 1

O time demonstrou um pouco de ansiosidade.

Treinador de futebol bigodudo que conduziu o maior vexame esportivo da história nacional.

Muito antes da tragédia futebolística de 2014 d.C., de cujos detalhes pouparei a sofrida leitora e o sôfrego leitor, o popular Bigode carregava a fama de treinador empenhado, brioso, porém antiquado.

Com o tempo, o rótulo do conservadorismo se consolidou. Exceto, é claro, pelo total desapego à linguagem formal e ao leque de vocábulos constantes no dicionário.

Pessoas ansiosas sofrem de ANSIEDADE, por pior que seja o caso.

ANSIOSIDADE é algo totalmente desconhecido, talvez ainda sem tratamento. Outra palavra surgida do além, graças à malemolência tupiniquim, em face do apagão no sistema educacional.

Em suma, no vocabulário inédito, bem como ocorreu no fatídico Mineirazzo, apanhamos, mas marcamos um gol de honra!

Agora há a chance de uma esclarificação.

Número 1 da Advocacia Geral da União, durante entrevista que requer esclarecimentos.

Primeiro, cabe apontar que existe na classe advocatícia uma recorrente e notória tendência a estabelecer as próprias leis ou leituras próprias das leis.

Prova disso é o hábito de se referirem a si como *ADEVOGADOS* ou *ADEVOGADAS*.

É bem verdade que, de tão insustentáveis, determinadas justificativas não param em pé.

Não obstante, vale o lembrete amigo: o substantivo associado ao verbo ESCLARECER é o nosso prezado ESCLARECIMENTO.

E a tal *ESCLARIFICAÇÃO* requer ESCLARECIMENTO URGENTE. Pelo não falecimento daquilo que se convencionou chamar de BOM SENSO entre exemplares da raça humana.

O time da Venezuela tem uma lentitude muito grande.

Comentarista de futebol concentrado nas falhas alheias.

Pouca gente discorda quando se diz que a educação pública no Brasil evolui com lentidão, morosidade, vagareza, vagarosidade. À sociedade, frequentemente falta atitude.

Com LENTIDÃO e sem ATITUDE, o resultado só poderia ser *LENTITUDE*, uma palavra tão real quanto uma nota de 17 dólares!

Independentemente da latitude e da longitude do falante no instante do pronunciamento, dedico este registro aos criadores de palavras, os temíveis neologistas amadores.

Quem é APTO tem APTIDÃO, quem é SÓ vive a SOLIDÃO e quem é LENTO sofre com a LENTIDÃO.

A LERDEZA subtrai o raciocínio ágil e leva à PODRIDÃO do comunicado, na VASTIDÃO do universo.

Aí eu liguei pro meu adevogado!

Personagem Aguiar, o taxista, em lampejo de prepotência.

A palavra ADEVOGADO não é exclusividade do velho Aguiar. A demanda por serviços *ADEVOCATÍCIOS* sempre foi tamanha que, um dia, instituí pessoalmente a ADEBRA, *ADEVOGADOS DO BRASIL*, em defesa de todos aqueles que adevogaram, *adevogam* e ainda pretendem *adevogar*.

(ADEBRA, AdEvogados do Brasil: onde nem o D é mudo.)

Falando sério, o fato de os bacharéis em Direito estudarem a legislação não lhes permite modificar decisões referendadas em esferas decisórias superiores.

Curto e grosso, o júri do dicionário definiu que ADVOGADO tem DÊ MUDO e ponto final.

Ainda que defensores das vogais portadoras de afonia se façam de surdos e explorem dolosamente os Es, para procrastinar (prorrogar) decisões judiciais!

Sabe, Waleska, eu tenho descendência europeia.

Personagem radiofônico Cleverson Mariano, representante de vendas, tentando vender o peixe.

Além de expor ostensivamente um deslumbramento antiquado com a Europa, o ser vivo que pronunciou a frase acima incorreu em evidente equívoco de ordem cronológica.

Disso tudo, no entanto, geremos e propaguemos o conhecimento.

A regra é clara: ANTEPASSADOS são ASCENDENTES. Filhos e netos são DESCENDENTES.

O fanfarrão e pé-rapado quis dizer que a família é de ORIGEM EUROPEIA, ou seja, ele tem ASCENDÊNCIA europeia. O que também não procede, cá entre nós...

Como único autor da personagem mencionada, asseguro que todos os familiares (até os remotos) do paspalhão eram de Carapicuíba mesmo!

Apesar que, *se você analisar...*

Comentarista bigodudo em debate esportivo supostamente sério.

Comete falta grave aquele que profere o erro (agora catalogado) que ofende ouvidos e destrói reputações. APESAR QUE ex--jogador geralmente nunca adentrou o campo do ensino de qualidade...

Justiça seja feita: apesar dos pesares, o uso da expressão APESAR é obrigatoriamente seguido de DE ou DE QUE.

APESAR DE muita gente insistir em errar.

APESAR DE QUE jornalista esportivo atualmente não precisa falar corretamente, o fundamental é gritar e bancar o gozadinho.

E nem adianta argumentar que todos os DE QUES foram sequestrados por terroristas do léxico que *ACHAM DE QUE, PENSAM DE QUE, FALAM DE QUE.*

A tais extremistas, em tempo, solicitamos libertar as letras feitas indevidamente reféns.

2014 foi um ano onde as pessoas não viram minhas lutas.

Lutador de MMA estende o clima de vale-tudo ao dialeto nativo.

ONDE foi que eu errei?! Assim diria mamãe se eu reproduzisse de minha boca a paspalhonice acima exposta.

ONDE o orelha-de-couve-flor estava com a cabeça quando articulou essa baboseira?

Exercitemos, contudo, a compreensão infinita.

ONDE remete obrigatoriamente a lugar. O lugar ONDE vosmecê utiliza a palavra ONDE.

Pense na CASA ONDE você reside.
Na ESCOLA ONDE você um dia estudou.
No CLUBE ONDE você praticou carteado.

Enfim, fica a dica: cuide bem dos locais ONDE os ONDES são cabíveis... Não tolere que os introduzam ostensivamente em locais ONDE as regras são para valer!

O traficante foi perseguido até o esconderijo, onde lá ele foi capturado.

Locutor desorientado lê tradução tosca em documentário desmoralizado.

Pois é, rodamos, rodamos e voltamos aonde estávamos há pouco.

Imaginando até onde a obscuridade humana possa ir, no entanto, introduzamos o indicador precisamente ONDE está a ferida.

Na declaração em destaque, a palavra ONDE já faz referência ao esconderijo citado imediatamente antes. O ideal, portanto, seria transmitir somente que o meliante FOI PERSEGUIDO ATÉ O ESCONDERIJO, ONDE FOI CAPTURADO.

Ou FOI PERSEGUIDO E CAPTURADO LÁ NO ESCONDERIJO.

Em suma, na exótica invenção do alto desta página, o ONDE indica acertadamente um lugar, mas o LÁ não tem por que estar lá!

A propósito, o local ONDE eu estou não é o mesmo lugar AONDE eu vou, já que quem vai, VAI À PADOCA, À ESCOLA, AO CLUBE, À BALADA...

Se ficar esperto, você vai chegar AONDE quer e estar ONDE deve.

Eles vão passar por aventuras perigosas, cuja morte pode ser um risco constante.

Respeitável caderno de respeitável jornal sediado no não menos respeitável estado de São Paulo.

Um dos problemas de qualquer redação é o desejo de usar palavras novas, CUJAS funções os escritores não dominam plenamente.

Geralmente a petulância parte de pessoas CUJA insegurança leva à tentativa frustrada de floreios puramente cosméticos.

Em nome de todos aqueles CUJOS textos são sujos, fica o alerta para as palavras CUJAS configurações realmente requeiram o DITO-CUJO.

Considerando que CUJO significa RELAÇÃO DE POSSE COM O TERMO ANTECEDENTE, com o qual concorda em gênero e grau, diga sem receio de galhofas:

- Eles vão passar por aventuras CUJAS características são um risco constante.
- Eles farão uma aventura CUJA trajetória não passa pelo DITO-CUJO.
- Eles são pessoas CUJAS MORTES justificariam ao menos um texto legível.

Eu tive mais facilidade em virtude porque eu já praticava paraquedismo.

Praticante de asa-delta durante documentário revolucionário.

Tive dificuldade em compreender esse cidadão, EM VIRTUDE PORQUE eu nunca havia presenciado ninguém que aliasse de maneira tão corajosa as palavras EM VIRTUDE e PORQUE.

Francamente, a simplicidade é uma das principais virtudes de um indivíduo e isso vale no linguajar.

Pessoas simples não tentam fazer o que não sabem para impressionar o próximo, pois são inteligentes e ainda preveem os riscos de um blefe mal calculado.

De volta à Terra, a expressão correta é EM VIRTUDE DE. Quer dizer GRAÇAS A.

Em resumo, o fanfarrão teve mais facilidade na asa-delta EM VIRTUDE de praticar paraquedismo. Ou, simplesmente, teve mais facilidade PORQUE praticava paraquedismo.

Mais do que nos discursos, todavia, as virtudes devem estar nas pessoas.

A nível de **Brasil...**

Personagem Tuca Zazauera, cabeça, pensador e ativista.

Discordo do pensador andarilho *a nível de Brasil, a nível de América do Sul e a nível do mar.*
Elevando o nível da discussão sem perder a oxigenação, porém, *A NÍVEL DE* é somente o jeito errado de dizer EM NÍVEL DE ou NO NÍVEL DE.
NO CONTEXTO DO Brasil, NA ESFERA DO, NO CASO DO, COM RELAÇÃO AO, EM TERMOS DE, NO TOCANTE AO...
Faça jus AO NÍVEL do interlocutor. Fique esperto com gafes que nivelam por baixo o diálogo altivo.

A mula sem cabeça enquanto equino dito mutilado.

O mesmo pseudointelectual da frase anterior.

Falando em falar bonito, re-reverenciamos o mais bem acabado exemplo de EMBELEZAMENTO ORAL, advindo do tom grave, dos temas agudos e do estilão "acadêmico de humanas" que teoricamente aprofunda conhecimentos superficiais.

Esporadicamente, a intenção é positiva: debater algo em todas as perspectivas propiciadas pela discussão, em aspectos sociais, filosóficos, morais, humanos... Fugir da sabedoria rasa e absoluta de Wikipédia e conhecer detalhes de uma realidade ou pensamento.

O efeito colateral automático da construção densa para burro ou introspectiva demais, entretanto, é costumeiramente o distanciamento entre os partícipes do diálogo.

Na maioria das vezes, alguém encontra uma escapatória e vai ao banheiro!

Pois é... Se quem fala deve ser generoso para se fazer entender, quem ouve tem que observar que determinados discursos trazem consigo − nas entrelinhas ou não − sentidos complexos que exigem concentração e reflexão.

Claramente, sejamos justos, não é o caso da mulice aqui festejada!

Eu posso tá pedindo pra ele tá entrando em contato, tá?

Personagem Suelyn, a secretina, exercitando o secretinês fluente.

Taí mais uma figura capaz de ESTAR IRRITANDO com o modo de ESTAR FALANDO...

Civilizadamente, entretanto, reparemos.

Nem sempre falas irritantes ou impróprias trazem consigo erros de português propriamente ditos.

Certas expressões podem ser simplesmente desagradáveis e prolixas, como anunciar que VAI ESTAR FALANDO em vez de FALAR. Na prática, a diferença é nítida: QUEM FAZ, FAZ e ponto final. Quem *vai estar fazendo*... concretamente apenas promete e adia o problema.

ESTAR FAZENDO, portanto, só vale se você ESTIVER FAZENDO algo naquele exato instante!

Como eu, que, digamos, ESTOU FAZENDO aqui uma observação sobre maneirismos e vícios de linguagem.

Pelo caráter procrastinatório doloso, oriundo das gigantescas centrais de atendimento ao consumidor movidas por exércitos de telefonistas profissionais, o chamado gerundismo fez inimigos como eu, que desde o longínquo ano de 1999 d.C. (com o lançamento da personagem aqui destrinchada) implicam com aqueles que optam por ESTAR USANDO E ABUSANDO gratuitamente do infeliz.

Que nem: *ni qui* eu cheguei, uns marginais já garrô *ni mim, stedeno*?!

Personagem Aguiar, o taxista, partilha dialeto suburbano.

Essa citação é um verdadeiro combo de equívocos.

Com tanto desacerto e envolvendo um motorista, aliás, temo que possa causar desastres automobilísticos inimagináveis!

Passemos um pente-fino na besteira da grossa.

QUE NEM quer dizer IGUAL, mas não serve para nada e pegou carona na frase. Virou início de declaração tosco.

NI QUI significa NO QUE ou ASSIM QUE. Virou *NI QUI* talvez para celebrar o idioma tupi-ni-quim.

NI MIM é o mesmo que EM MIM e geralmente é a expressão usada pelo esposo *FORGADO* pedindo uma massagem *NA COSTA*.

Quando o desacordo linguístico é insolúvel, mais vale pesquisar e praticar as peculiaridades do dialeto imposto pelas circunstâncias. Senão é *POBREMA*...

O diretor reintera o que disse anteriormente.

Apresentadora chique de noticiário chique.

Aproveito esta oportunidade única para discorrer sobre o desperdício de consoantes na nossa língua, no exato instante em que a sociedade prioriza os princípios da sustentabilidade. Sim, pois é enorme o número de profissionais de tevê que *REINTERAM* sem medo de ser infelizes.

Possivelmente, os mesmos que (em casos similares) dizem I–N–DENTIFICAR e MENDI–N–GO.

Erros ocasionados pelo pouco ou nenhum hábito de escrever e ler.

REITERAR, a propósito, é o mesmo que CONFIRMAR, REFORÇAR, RESSALTAR, CORROBORAR.

Sim, tem a ver com a palavra "inteiro". Mas não tem nenhum *ene*, ou seja, não leva a palavra inteira.

Quem escreve IDENTIFICA erros, REITERA acertos e não oferece ENES ao MENDIGO que só quer $$$.

Nossa proposta é a mais *compreta*.

Deputado governista extrovertido em uma de incontáveis falas desenxabidas.

Não ousaria afirmar que o excelentíssimo autor da frase é um completo panaca, porque mesmo um bolha, para ser completo, precisa atender a uma lista de pré-requisitos mínimos.

Lamentavelmente, a sonora falha remete ao analfabetismo funcional, que, por sua vez, frequentemente resulta em pronúncias impronunciáveis.

COMPRETO, dessa maneira, é termo COMPLETAMENTE inadmissível fora do *PRANO* humorístico.

Para um acerto COMPLETO, portanto, para se LOCUPLETAR verdadeiramente com o conhecimento, nunca discrimine os *ELES!* Ele de Lixo, de Laxante... Mas também ele de Lei, de Liberdade... A não ser que você seja uma vítima de teimosia aguda, que (mesmo diante de um oceano de obstáculos e objeções declaradas) opta intencionalmente pelo disparate *COMPRETO*, pela *FRUÊNCIA IMPRÓPIA* e pelo anseio insano de *IMPREMENTAR CONCRUSÕES* que não *EMPRACAM*.

7. Nonsense e humorismo involuntário

Estiveram presentes à Avenida Paulista pessoas de diversos gêneros.

Repórter nitidamente deslumbrado com protesto que reuniu milhões de pessoas em passeatas pelo Brasil.

É bem verdade que, no aspecto gramatical, não há erro visível na fala destacada.

No aspecto lógico, porém, ela inevitavelmente conduz a dúvidas interpretativas.

DIVERSOS GÊNEROS são homens, mulheres, gays, lésbicas etc.?

O repórter perguntou sobre a orientação sexual das pessoas antes de tirar a conclusão?

Os grupos do protesto estavam uniformizados e divididos conforme a sexualidade?

Ou estaria o ilustre repórter confundindo as passeatas políticas com Dia do Orgulho Gay?

Suponho que a resposta às três indagações seja NÃO!

Minha dedução é de que a mencionada jornalista usou GÊNEROS no sentido de TIPOS, querendo dizer que o movimento reuniu pessoas de múltiplos ESTILOS.

GÊNERO que também se aplica à biologia e ao cinema... Neste caso, aparentemente, o gênero preferido da jornalista é a comédia.

O *nariz só percebeu* o golpe quando começou a sangrar.

Ex-pugilista expõe sequelas da longa carreira, em momento de desoxigenação cerebral.

Acontecimentos inéditos são frequentes no esporte.

Graças à internet, temos acesso diário a infindáveis conteúdos (mais ou menos prodigiosos) oriundos de tudo que é canto da galáxia.

Não se tem notícia, porém, de outro caso de nariz com vida própria!

SERES PERCEBEM coisas ou outros seres, ok? Coisas ou partes não percebem rigorosamente nada, percebe?

Não é preciso ser otorrinolaringologista para saber que o nariz, bem como o conjunto das vias aéreas nasais, não tem um cérebro independente.

Mesmo para trabalhar o olfato, função primordial de qualquer nariz que se preze, o pobre pedaço de face necessita estar conectado aos neurônios e ao restante do "proprietário"!

A despeito de, em determinados esportes que resultam em impactos repetitivos na cabeça, a percepção de danos do dono do nariz ser exatamente a do nariz, ou seja, nenhuma.

Futebol é futebol.

Gênio do debate esportivo em lampejo de luminosidade.

Neste momento solene, pedimos licença aos erros de Português ordinários, para este pequeno atrevimento intelectual que extrapola o campo dos esportes e revoluciona o saber humano e a filosofia!

Pasmem, leitores e leitoras, incautos, incautas, incultos e incultas!

O eminente profissional acaba de anunciar ao mundo que aquilo que se convencionou chamar FUTEBOL nada mais é do que... aquilo que se convencionou chamar de FUTEBOL!

É absolutamente embasbacante!

Uma revelação científica que altera irreversivelmente os destinos da espécie humana, desmentindo pensadores relevantes que insistem em declarar que futebol é bola ao cesto, futebol é vôlei, futebol é boxe, futebol é balé, é natação, é hipismo...

Eu mesmo discordo frontalmente da afirmação em pauta, porque avalio tudo com lucidez e sensatez.

E não há dúvida de que FUTEBOL É CICLISMO.

A bola não conseguiu subir.

Comentarista de vôlei sofre bloqueio mental antes da cortada do narrador.

Incrível o potencial lúdico de uma bola, capaz de transformar adultos em crianças...

A propósito, as boladas na cabeça são comuns no voleibol e frequentemente resultam em falas menos compreensíveis da parte dos praticantes e especialistas no assunto.

Apesar de soar discriminatório, mais uma vez nos deparamos com dificuldades de ordem material.

CONSEGUIR, sinônimo de PODER, CONQUISTAR, OBTER, não é gesto extensivo a seres inanimados, tais como bolas e apitos.

Quem pode, deve e consegue coisas são as pessoas, pois conseguir é ato estritamente vinculado à intenção.

BOLAS NÃO CONSEGUEM NADA por conta própria, pois (até segunda ordem) são coisas e não têm intenção.

Em suma, o único culpado neste polêmico episódio é quem não conseguiu fazer a bola subir.

Ora, bolas!

Assim não dá tempo físico de o goleiro chegar na bola...

Celebridade de fama global que, além de narrador, é também modelo, ator, chefe de torcida e astrofísico.

Pérolas também brotam da ausência de senso de oportunidade, grande inimiga do discurso claro e reto...

Se estivesse nos Estados Unidos, o referido falador vestiria *collant* e chacoalharia pompons, tamanha a histeria exibida nos momentos de ufanismo latente!

Fato é que, embora devamos acatar a constatação científica dos conceitos de TEMPO FÍSICO e TEMPO PSICOLÓGICO, ABSTRATO, subjetividades não cabem na descrição de uma competição estritamente física e linear.

Além do mais, como seria possível estimar o tempo psicológico que está na mente do tal guarda-metas?

Vem ao caso introduzir questão tão complexa em instante fortuito da pobre pelada?

Fato é que o chamado TEMPO PSICOLÓGICO, além de representar a sensação particular da passagem do tempo, que pode variar de pessoa a pessoa, de momento a momento, É MARCA DA FICÇÃO. E o mundo da ficção seduz inclusive quem, em tese, deveria se limitar ao ofício de reportar a realidade.

O time ficou arrependido de ter perdido...

Atleta exausto põe a língua para fora.

Às vezes penso que, bem no fundo, o problema dessas declarações enigmáticas é possivelmente minha incapacidade de flutuar mentalmente pelo nada, vagar a esmo e alcançar o Nirvana.

O autor desses mistérios reais talvez esteja muito à frente do próprio tempo e da capacidade humana de abstrair ponderações mais subjetivas.

Fato é que ARREPENDIMENTO guarda relação com ato/gesto/ atitude PROPOSITAL.

Exemplo: ninguém se arrepende da morte de um parente – desde que não tenha causado a fatalidade, claro!

Ninguém se arrepende de ficar doente.

Ninguém se arrepende de nascer, que foi uma decisão de terceiros.

Já se meu time perde e eu ainda ouço essa abobrinha destemperada no fim da jornada, aí sim eu me arrependo... de não ter trocado antes de canal!

Eu peço obrigado a todos.

Atacante apelidado de Imperador em fala de repercussão intercontinental.

Não SOU OBRIGADO, mas vou tentar destrinchar o monstrengo...

Na prática, o dito-cujo está AGRADECENDO à torcida o décimo nono retorno ao futebol.

Claro, o folião não estava PEDINDO que lhe dissessem OBRIGADO. Posto que ERA DEVEDOR, NÃO CREDOR, não estava o popular "Zé Colmeia" cobrando coisa nenhuma!

Quem agradece é obrigado a DIZER OBRIGADO.

Ninguém é obrigado a atender a quem deseje eventualmente PEDIR OBRIGADO!

Deduzimos, assim, que ele ia PEDIR PARA AGRADECER e a gratidão era tanta que, no fundo daquela alma suburbana, ele juntou tudo numa quentinha e serviu à torcida.

Espero ter esclarecido a questão em definitivo, por enquanto.

**Visite e conheça estes e outros lançamentos
www.matrixeditora.com.br**

Dicionário inglês-humorês
Dicionário pra gente aprender inglês tem um monte. Neste você vai aprender a se divertir. As palavras e expressões em inglês ganham significados malucos e muito bem-humorados, para fazer todo mundo dar risada. "Windows", por exemplo, é aquela expressão que a criança usa pra responder à mãe, que a está chamando: "Mãe, já tô windows". E por aí vai. Tem também o outro lado: palavras ou expressões em português e o jeito "correto" de escrevê-las em inglês.

Animaq
Quem já foi criança ou quem ainda é vai adorar este livro. Os desenhos que marcaram época no Brasil. As curiosidades de cada um. Tudo isso agora está registrado em Animaq – Almanaque dos Desenhos Animados. É animação garantida e o seu sorriso de volta.

Feita de letra e música
Quando a maré de problemas aparece na vida de Lívia Bonjardim, vem com força total. Olha só: para começar, é ano de vestibular. Seu professor de História despertou o interesse da mãe de Lívia. Que coisa! Quer mais?
O pai quer que ela se aproxime da meia-irmã mais nova, obrigando Lívia a usar um vestido rosa e ir a uma festa de quinze anos. Pensa que acabou? Na internet existe um blog chamado Believe, que é sucesso com centenas de meninas. Só que ninguém sabe de quem é esse site famoso. Mas o mundo poderá saber, se descobrirem o caderno que Lívia perdeu com diversas informações pessoais: as letras de músicas que ela escreveu, um monte de textos, todas as informações do blog. Você vai se apaixonar pelo desenrolar dessa história.

Puxa conversa filosofia
Neste livro em forma de caixinha estão 100 cartas, cada uma com pergunta elaborada a partir de grandes questões dos maiores pensadores do mundo, da Antiguidade aos dias de hoje. Uma obra que vai fazer você pensar, discutir temas importantes e realizar altas conversas.